CHARADE BUNKO

Illustration

ヒノアキミツ

CONTENTS

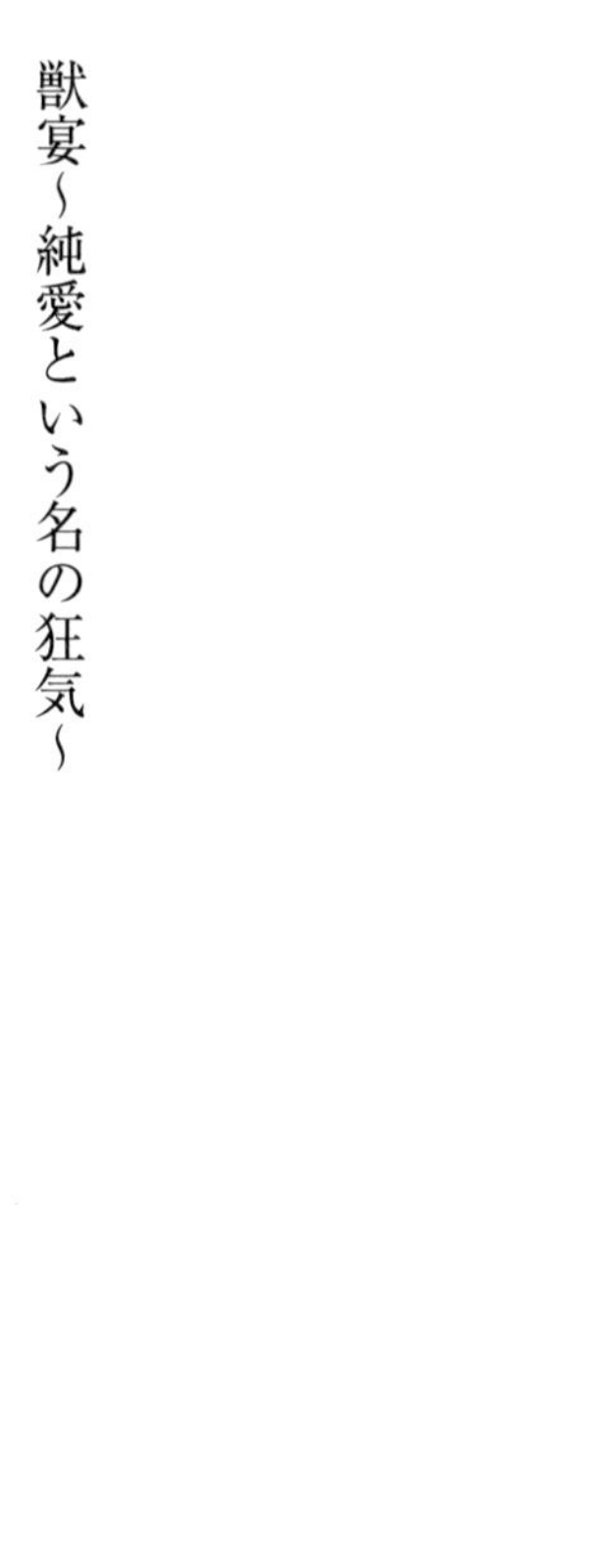

獣宴～純愛という名の狂気～

I

水滴の音が聞こえる。

頭のどこかで、一滴、一滴、コップの中に滴り落ち、溜(た)まっていくような、幽(かす)かな水音。

むろん気分的なものだ。幻聴のようなものかもしれない。

以前から時折聞こえていた。とくに不快感があるわけではない。ただ溜まっているな、とそう思うだけだ。

立花冬樹(たちばなふゆき)は、軽い溜息(ためいき)をついた。

疲れているのかもしれない。このところ残業続きだった。顧客訪問の外商も多かった。とはいえ、オータム・フェアも今日でようやく終わる。明日は店休日だ。久しぶりに仕事予定もない。ゆっくり過ごそう。洗濯もしたいし、家の掃除もしたい。

家の雑用ばかりじゃなくて、ほかにしたいことはないんですか?

遊びたいとか、旅行を楽しみたいとは思わないんですか?

そんなふうに、よくまわりの人間には訊(き)かれるが、配偶者も恋人もいない、子供も成人している、という四十五の男だったら、みな似たり寄ったりの生活だろう。

――人の道から外れず、まっとうな人生を歩むこと。

――慎ましく、身の丈に合った生活を送ること。

幼少期から叩き込まれた父母の教えは骨の髄まで沁み込んでいるようで、冬樹は昔から融通の利かない堅物だの、クソ真面目人間だなどと揶揄されてきた。

しかしまわりからなんと言われようと、今さら性格は変えられない。

冬樹自身は自分の人生に不満はないし、淋しく思ったこともない。欲しいものも、やりたいことも、とくにない。たぶん自分は、あらゆることに対して欲望が希薄なのだろう。

さりげなく腕時計に視線を落とす。

七時半。閉店時間の八時まで、あと三十分だ。

全国展開している宝飾店『ジュエリー・ノーブル』の、都下の支店をひとつ任されてから五年あまり。

仕事はそれなりに充実している。顧客は多いし、成績も上々だ。先月は銀座本店に次ぐ収益を上げて、社長賞も貰えた。

今回のオータム・フェアもかなりの売り上げだった。

ありがたいことだ。順風満帆というのは、こういう人生を言うのだろう。

じつは、冬樹には四歳年上の兄がいた。

ひじょうに自分勝手で、奔放な性格の人だった。…だった、という過去形で語らなければいけないのは、十四の時にバイク事故で死亡したためだ。むろん無免許運転で、バイクも、もちろん盗んだもの。赤信号を無視して、軽自動車と出合い頭に衝突した。その際、兄だけではなく、相手方の男性運転手と、たまたま横断歩道を渡っていた若い母親と赤ちゃんが亡くなった。

まずいことに、冬樹たち兄弟の父母は、教師だった。二人とも教え子にはたいへん厳しくあたることで有名だった。

当然ながら、近隣住民に吊るし上げを食らった。

罪のない人たちを犠牲にして！　偉そうにしていても、貴様らは偽善者だ。町から出ていけ！　自分の子供すらまともに躾けられないような人間たちに、大切な子供の教育は任せられない！

悪しざまに罵られ、家に石が投げ込まれた。家の外壁、近隣の電柱など、いたるところに罵詈雑言を書いた張り紙をされた。抗議の電話は、家だけではなく父母の勤務校にも連日かかってきた。当時小学生だった冬樹も、学校で陰湿ないじめに遭った。

狭い田舎町ではもう暮らせなかった。立花一家は逃げるように他県へと越した。父母は、噂の届いていない土地で再び教職に就いた。

その事件後——ただでさえ厳格だった父母は、残された弟に対して、さらに厳しい躾けを施すようになった。

冬樹は、毎夜小一時間も正座をさせられた上に、延々と人生訓を語られた。東京の大学に入っても、業界トップクラスの宝飾店に勤務するようになってからも、週に一回は父母から分厚い手紙が届いた。

——嘘をつかず、真面目に生きなさい。人には優しく、自分には厳しく。誠心誠意身を粉にして働き、常に他者に尽くしなさい。

——人にうしろ指をさされるようなことはしてはいけない。酒や女、博打に溺れてはいけない。人の物は盗んではいけない。不平不満や愚痴、泣き言、悪口は言ってはいけない。

——誰かを妬んではいけない。恨んではいけない。右の頬を叩かれたら左の頬を差し出しなさい。人に対して怒りを感じたならば、感じた未熟な自分を恥じなさい。

脳裏で反復しては、うなずく。

父母の言葉は常に正しい。

そのとおりにしてきて、自分は幸せに、平穏無事な人生を歩めた。

仕事に恵まれ、部下に恵まれ、同期の者よりも上層部に重用され、若くして支店長にまで上り詰めた。実生活でも、息子とひじょうにうまくやっている。

これからも自分は幸せに暮らすことだろう。

そう。不満はないのだ。なにひとつ。

「手を上げろっ！」

その時、冬樹はショーケースの内側に立っていた。

平時は支店長として、奥の事務仕事が多いのだが、フェアのあいだだけは全店員が店頭に立たなければ手が足りない。

冬樹が接客していたのは、長年の常連客である萩野(はぎの)様ご夫婦だ。結婚五十年の節目なので、奥様に指輪でも、というお話だった。

そこへ、唐突に大声が響き渡ったのだ。

だが、まわりの店員も、お客様も、とくに動揺はしていなかった。

それは冬樹も同じだった。一瞬、なにが起こったのか理解できなかったためだ。

「動くんじゃねえぞ！　声も上げるな！」

開いた自動ドアからなだれ込んできた男は、三人。

男たちはゴム製の動物マスクをかぶっていた。

一人は猿。次は犬、三人目は豚。

ガラスケースのこちら側から反射的に身を乗り出しかけたが、切迫感は皆無だった。

それどころか、あまりに滑稽な姿に噴き出しそうになっていた。

たぶん、ドッキリを仕掛けるテレビ番組だろう。ジュエリー・ノーブルといえば、それなりに名の知られた宝飾店だ。ターゲットにされてもおかしくはない。

もしくは、抜き打ちの防犯訓練か。

社長は、売上第一主義の、革新的な人だ。支店の店員たちが有事の際きちんと対応できるかどうか、テストしているのかもしれない。

そのためには、今日などもってこいだ。

店のおもてには大々的に『オータム・フェア』の看板を掲げてあるし、顧客にも事前にお知らせ広告を送っている。必然的にお客様が多いのだ。フェア最終日の今日などは、多数の来客を見越して、本店から援軍まで来ているほどだ。

冬樹は笑いをこらえて思った。

（そうだとしても、あの動物のマスクは行きすぎだがな）

あれでは緊張感もなにもない。テレビ番組だったらスタッフが、社長の肝入りの防犯訓練なら、ほかの支店の店員がかぶっているのだろうが、どうにもこうにも間が抜けている。まるで茶番劇だ。安売りの量販店で売っているパーティーグッズをかぶって、悪ふざけをしているようにしか見えない。

そこで、気づく。

男たちは、手に手に拳銃らしきものを構えていた。

一見、本物のように見える。

今どきのモデルガンはよくできているなと感心しつつも、さて、どういった反応をするべきだろうな、と思案しているさなか、――入口付近にいた堺亜希子（さかいあきこ）という女性店員が、男たちに声をかけた。

「いらっしゃいませ。お客様、どのようなご用件でございましょう」

にこやかではあるが、声にはあきらかな笑いが含まれていた。堺も冬樹と同様のことを考えているのがわかった。

そもそも宝石強盗ならば、夜間、人けがなくなってから入るだろう。わざわざ開店時間に入る必要はない。店員や客がいれば、取り押さえられる危険性が増すし、売上金というものは、じつは店内にはたいしてないのだ。今はほとんどの客がクレジットカードで支払うため、あるのは釣り銭程度の金額だ。

堺の質問に、猿マスクの男が応える。マスク越しなので、くぐもった声だ。

「ふざけんな。どのようなご用件、じゃねぇよ。オレらは強盗だよ」

巻き舌がわざとらしい。威嚇のために作っているのがまるわかりだ。

堺の頬が緩んだ。きっちりとお客様対応を叩き込まれているはずだが——実際、堺亜希子は、二十代でもたいへん優秀で、非の打ちどころのない接客をする店員なのだが、…どうしても笑いが抑えられなかったようだ。

「ごうとう、様、でいらっしゃいますか？　申し訳ございません、よく聞き取れなかったのですが、どのような字を書くのでしょうか？」

冬樹も頭の中で字を思い浮かべてみる。

ごうとう、と聞いて、すぐさま『強盗』と思い込んでしまったが、堺の言うとおり、『郷東』『剛籐』など、変わった苗字の人だった、というオチなのかもしれない。

堺の冷静沈着な対応は正しいと思うが、今の物言いは少々まずいな、とも思う。相手を侮蔑している感じだ。あとで軽く指摘しておこう。

あんのじょう、猿マスクの男は荒々しく言い返してきた。

「なんだと？　冗談だと思ってんのかァ～？」

拳口を上へ向け、天井に向けて引き金を引く。

発射音自体は、パン！　という軽い破裂音程度だった。が、天井のほうから激しい着弾音がした。さらには、天井材がバラバラバラッと落ちてきたのだ！

ぎょっとした。

（……まさか……っ⁉）

そこにきて初めて悲鳴が上がった。

きゃあああーっ！　という金切り声が、店内に響き渡る。

脳が事態を把握するのに数秒かかった。

違う。テレビ撮影や本社の防犯訓練なら、天井を壊すようなことはしないはずだ。

（……本物の強盗なのか……）

そして、奴らの持っているのは実際の銃なのか……？　いや、モデルガンだとしても、破壊力は確実にある。改造してあるのかもしれない。ということは、殺傷能力も確実にあるということだ。

血が凍りつくという感覚を、冬樹は生まれて初めて体験した。

素早く目だけを動かし、店内の現状を把握する。

店内には、壁を背にして、ガラスショーケースが『コの字型』に配置されている。正面から見た横幅は約五メートル。冬樹はその内側で接客していた。ここには、メインの商品が展示されている。あとは小さな島のように、二メートル×二メートルのショーケースが三つ。そちらには、比較的安価なイヤリングやネックレスが置かれている。右側の壁面にもケース。そして窓際には、お客様と商談をする際のテーブルセットが二組。

肝心のお客様は……七人だ。

眼前で椅子に座っていらっしゃる、萩野様と奥様。

ほかには、カップルが一組。ラフな服装からしても、派手な色に染めた髪からしても、まだ若そうだ。男性の首筋には、小さなタトゥーも見て取れる。二十代になったばかりといったところか。

この店には若いお客様も多く来店する。千円、二千円で買える商品なども置いてあるため、比較的入りやすいのだろう。

あとは、接客コーナーに座っている女性の三人組。有閑マダムといったふうだ。仲のいい友人同士で連れ立ってきたのだろう。

みな、今の今まで楽しげにジュエリーを選んでいたのに、全員が蠟人形にでもなってしまったかのように、直前の行動のまま動きを止めていた。萩野様の奥様は指輪を嵌めかけ、有閑マダムたちは、紅茶のカップを口元に運びかけ……といった具合だ。

自分の心臓の音が耳に響く。どく、どく、どく、どく、と凄まじい勢いで打っている。

落ち着け。落ち着くんだ。

お客様は七人。では、店員のほうは何人いる？

男性は、冬樹と渋谷秀和。もう一人は、本店から援軍に来た岡部信昭だ。

女性店員も三人。堺、鈴木、永田。

平素より多い。一番若いのが堺で、あとはみな十年以上勤務しているベテランだ。岡部などは、自分と同期だ。全員がしっかり危機管理を叩き込まれている。

冬樹は自分に言い聞かせた。

ありがたいことに、信頼できる人間が揃っている。大丈夫だ。

（そうなると、まずは、お客様の安全が第一だ）

なんとかお客様を逃がさなければ。

覚悟を決め、言葉を吐こうとした矢先だった。

「動くなって言ったでしょう！」

犬マスクの男が鋭く叫ぶ。構えた拳銃から、瞬時閃光が走る。

次いで、ドンッ！　という鈍い音。

今度の着弾音は、天井からではなかった。背後の壁からだった。

（……誰かを撃った……のか……？）

恐ろしくて視線しか動かせない。

たぶん店員の誰かが非常ベルを押そうとしたのだ。ベルは、こういう緊急事態を想定して、足でも押せるようになっている。

「…………あ…………あ……」

鈴木紗花（さやか）が視界の端から消えた。彼女は冬樹と同様、ショーケース内側でカップルの接客をしていた。見ると、崩れるように、へなへなと床に座り込んでいた。

犬マスクの男が淡々と告げる。

「大丈夫ですよ。さすがに撃ち殺す気はありませんから」

どくどくという心臓の鼓動は痛いほどだった。

猿マスクの巻き舌は耳障りだったが、犬マスクの妙に丁寧な語り口のほうが、かえって恐ろしかった。

「だ～か～ら、言っただろォ～？　動くんじゃねえ、って。オレだったら、顔の真ん中に撃ち込んでるとこだぜ？」

小馬鹿にしたような猿の言葉に、鈴木は、壊れた人形のようにこくこくとうなずいている。

冬樹はなんとか状況を見極めようとした。

巻き舌の猿マスクは、大男で、逞（たくま）しく見える。気も荒そうだ。

犬マスクは静かな口調で礼儀正しい感じ。すらりとした体躯（たいく）をしている。

豚マスクは、そのマスクが似合うような体形だ。つまりはかなりの肥満体。

場の主導権を獲得した犯人たちは、それぞれ持っていたボストンバッグを床に置き、銃口を向けながら店内を見回している。

（主犯格は、誰だ？）

ともかく、冬樹はようやく口を開いた。犯人たちを刺激しないように、最悪の事態だけは避けられるように、精一杯丁寧な口調で。

「申し訳ございません。店長の立花と申します。店員が不作法をしたようで、お詫びを申し上げます。――それで、ご用件のむきをお聞かせいただけますでしょうか」

犯人たちは無言だった。互いに顔を見合わせたあと、犬マスクの男が動いた。つかつかと足早に奥へと向かう。そちらは、階段とスタッフルームの場所だ。

男は平然とドアを開け、内部へと侵入する。

茫然としているうちに、ある音が聞こえ始めた。

なんの音だか察して、血の気が引いた。

（シャッターを閉められた！）

まずい！　閉じ込められる！　お客様がまだいらっしゃるというのに！

今まで見えていたウインドー外の景色が、シャッター裏の灰色で覆われていく。

激しい恐怖心が湧き起こってきた。

夜にはなっていたが、昼と変わらぬような灯りの下、外の道にはまだ普通に通行人がいた。

ジュエリー・ノーブルの自社ビルは、駅前通りの、ど真ん中に位置する。だからそれほど恐ろしさはなかったのだ。大声を出せば誰かが気づいてくれる。ウインドーから中を覗き込む人がいたら、なにが起きているか察してくれる。だが、世俗から切り離されるとなると、話はべつだ。

犯人たちは銃を持っている。初秋だというのに、三人とも厚めのブルゾンを羽織り、大きいボストンバッグも持っている。服やバッグ内に、刃物などほかの武器を隠し持っているかもしれない。

シャッターボタンを押し終わった犬マスクの男は、悠々と戻ってきた。

(……もしかしたら、あの男がリーダーなのか……?)

女性店員に威嚇発砲したのも、シャッターを閉めに行ったのも、犬マスクの男だ。もっとも店内に詳しそうだし、主導権を握っているようにも見える。

そうではなくても、口の悪い猿マスクと交渉するよりはましだろう。

息が詰まるような緊迫感の中、冬樹は犬マスクの男に語りかけた。

「お願いします。ご用件をうかがう前に、お客様は外に出していただけませんか。人質なら、店員だけで十分でしょう?」

一瞬後。犬マスクの男は、くっと笑った。

「やっぱり、マニュアルどおりの対応をするんですね」

はっとした。今の声と話し方に聞き覚えがあったからだ。

お客様か？

いや、違う。

若い声だ。三十は越えていないだろう。頻繁に聞いていた声だ。

それほど記憶を探らなくても、すぐに名前が出てきた。

「きみ……もしかして、山岸君じゃないのか……？　以前、この店で働いていた……」

犬マスクの男は、あきらかにギクリとした。

「気のせいでしょう」

息を殺していた店員たちの口から声が上がった。

「山岸っ⁉」

「山岸さんっ？」

犬マスクの男は振り返り、狼狽したように反論する。

「違います！　違うと言ってるでしょう！」

その様子で確信した。間違いない。この男は山岸幸路だ。

怒りが込み上げてきた。山岸は三か月前にジュエリー・ノーブルを馘になった。売上金に手をつけたのだ。

懲戒免職にならなかったのは、冬樹が上層部にかけ合ったからだ。彼はとても勤勉でよく働く社員だった。まだ若いし、魔が差してしでかしたことだろう、と。それでかろうじて依願退職扱いになった。盗難金は分割返済するということで決着した。刑事事件にもせず、すべて内々の話し合いで済ませてくれたのだから、社長と上層部に感謝することはあっても、こんなふうに恩を仇で返すようなまねをするとは信じられない。

冬樹は押さえつけるように、言った。

「私は勤続二十三年になる。職業柄、人の声や動作はよく覚えている。――きみは、山岸幸路君だ」

男の表情は、犬マスクに隠れてわからない。

冬樹は重ねて言った。

「もう、いいだろう？　山岸君。馬鹿な茶番はやめなさい」

「あいにく、茶番じゃないんですけどね」

男は、唐突に拳銃を斜め上方に向けて撃った。ガチャン！　もう一発、二発、ガチャン、ガチャンと破壊音が店内に響き渡る。

いやぁぁぁ――――っ！

女性たちの泣き声まじりの悲鳴が、それに呼応するように上がる。

角度的に、見なくてもわかった。防犯カメラを撃っているのだ。

やはり間違いない。非常ベルの場所、シャッターの作動ボタン場所、防犯カメラの位置、そのすべてを把握している。外部の人間ではありえない。

冬樹は激しい怒りをこめて、再度、山岸のフルネームを口にした。

「山岸幸路君。いいかげんにしなさい」

防犯カメラの目がなくなったと見るや、男はおもむろに犬のマスクを取った。

現われたのは、――やはり、山岸幸路の顔だった。

「お久しぶりです。立花支店長」

店員時代のように、きっちりと斜め四十五度まで頭を下げるお辞儀が、よけい怒りの火に油を注いだ。

「挨拶などはけっこうだ。馬鹿なまねはやめて、今すぐ退店しなさい。今なら、まだ警察は呼んでいない。きみたちも逃れられる」

しばらく黙っていた猿マスクの男が、茶化すように尋ね返してきた。

「へ～え。逃がしてくれる、ってぇの？」

すぐさま山岸が押さえ込む。

「そうじゃないよ。この人は、自分の業務評価のことしか考えてないいんだ。自分の店に強盗が入った、ましてやそれが以前働いていた部下だ、なんてことになったら、社内評価が落ちるからね」

「そうじゃない」

「じゃあ、なんなんですか？　こっちはもう怖いものなんかないんですから」

冬樹は嘆息した。相手が誰だかわかったため、さきほどまでの恐ろしさは失せていた。

「きみ、ここで働いている時は、ひじょうにおだやかな、優しい若者だったのにな」

山岸は唇の端で嗤った。退職して三か月で、ずいぶんと痩せたようだ。荒んだ目つきをしている。

「そう思ってらしたんですか」

「ああ。きみは、お客様にたいへん人気があったし、…正直、いなくなってから、売り上げがかなり減ったんだよ。店としても痛手だった。ずっと働いていてほしかったよ。…それにきみは、私にも懐いてくれていたじゃないか。お互いの故郷が近いとわかって、昔話に花を咲かせただろう？　きみは、今の若い者には珍しく礼儀正しくて、清々しくて、私はきみと話すのがとても楽しかった。うちの息子とも、……ああ、そうだ、三人で何回か食事もしたな。うちのマンションに来てくれたこともあったよな？　息子も、歳の近いきみを兄のように思っていたようだ。私はきみを、とても信頼してたんだがな」

「それは、どうも」

話が通じてきた。冬樹は山岸の心に響くように言葉を重ねた。

「金に困っているのか？　なにか事情があるのか？　返済が難しいなら、私から上層部にかけ合おう。金策につき合ってもいい。とにかく、こんな馬鹿なまねはやめなさい。そちらの、友人らしき人たちも、同様だ。できる限りの力になる」

山岸幸路は確か二十八歳だったはずだ。

実際、彼には目をかけていた。二十一の息子も、彼と会うのは楽しいと言っていた。山岸は、女性店員からもお客様からも『王子』などともてはやされるほど、見栄えのいい、優し気な雰囲気の男だった。

同性から見ても、爽やかで人懐こく、理想的な若者に見えていた。

同郷、…兄の事件のあと、引っ越した先だが――その故郷話で盛り上がったのも本当だ。だからこそ彼が横領事件を引き起こした時は驚愕したのだ。

「きみがどうして、あんな事件を起こしたのか、今どうしてこんなことをしているのか……私に教えてくれないか？　力になりたいんだ」

山岸の瞳が揺れている。

冬樹はさらに言い募った。

「信じてほしい。まだ遅くはない。私はきみを犯罪者にしたくはないんだ。だから前回の事件も、なんとか揉み消してもらった。そのいきさつはきみも覚えているだろう？　きみには前科もない。綺麗な身体なんだ。……金の返済はたいへんかもしれないが……きみも、…たぶん、仲間の人たちも、きみと同世代だろう？　まだ未来があるんだ。今ならまだ間に合う。お客様を解放して、私と話し合おう」

唐突に荒々しい男の声が上がった。接客テーブルのあたりだ。

「山岸っ、やめろっ！」

岡部……？

いや、今、彼を説得しているところじゃないか。なにを気色ばんで叫んでいるのだ？

岡部は席を立ち、顔色を変えて、山岸に近寄ろうとしていた。

「やめろ！　言うなよっ？　言ったら、……俺も黙ってはいないぞっ？」

山岸は、反射的だろう、岡部に銃口を向けた。

とたんに両手を上げ、岡部は止まる。

「お、おい！　撃つなよっ？　俺を撃ったって、今さらしょうがないだろっ？　おまえだって納得してたんじゃなかったのか？」

蚊帳(かや)の外に追いやられた感じで、冬樹は二人を見つめた。

岡部信昭は、冬樹と同い年で、高校時代からの友人だった。ともに野球部出身、同じ釜の飯を食った仲間で、若い頃はいつもつるんでいた。親友とも呼べる間柄だった。岡部がジュエリー・ノーブルに就職したのも、冬樹が勤務しているからと、その時働いていた会社を辞めてまで転職してきたのだ。

残念なことに、勤務先は本社と支店に分かれてしまったが、それでも頻繁に手伝いに来てくれた。今日も、フェアの最終日だから人手が欲しいだろうと、みずから志願してこちらの店に来てくれたらしい。

生真面目でおもしろみのない自分などとも、屈託なく会話してくれる、古い言い方で言えばバンカラなタイプの、男気溢れる人間だった。豪快で涙もろい熱血漢だ。

なので、てっきり仲裁に入ってくれるものだと思ったのだが……どうも話の内容が変だ。

「……岡部……？　山岸、君……？」

二人にはなにか秘密でもあるのか？　岡部はこちらの店にヘルプで来ても、冬樹としか話さなかったので、この二人に接点があったようには思えないのだが……。

そこで、ガチャンッ！　と激しい音がした。ガラスの割れるような音だ。

息を殺して成り行きを見守っていただろう店内の全員が、びくっとおののく。

恐る恐る音のしたほうに視線を流すと、猿マスクの男が銃尻で、島のショーケースのひとつを叩き割っていた。

「おいおい、山岸。ここまできて、一抜けはナシだぜ～？」

ぐるりと睥睨するように店内を見回し、

「オレらは、べつにどうでもいいんだぜ？　シャバの生活にも飽きたしよ。ここらでパーッとひと花咲かせて、華々しく塀の中に入るのもよし、逃げ切れるなら、なおよし、ってな」

猿マスクは、今度は冬樹に話を振った。

「山岸は綺麗な身体でもなァ、…悪ぃな、オレらはどっちも前科持ちなんだわ」

銃口で豚マスクをさし、

「そっちのブタ野郎は、窃盗で前科三犯。オレぁ一犯だけども、──じつは、殺人、でねえ。若ぇ頃ドジっちまって、ついこのあいだ出てきたばっかなんだわ」

猿は滔滔と語る。

「そんでも、前科持ちには世間の風は冷たくてなァ。どこ行っても厄介者扱いよ。親も、昔の悪さ仲間どもも、露骨に避けやがってよう。……だから、警察に捕まんのなんか、ちぃとも怖くねえ、…つーか、いっそのこと捕まって、あったけえとこで、あったけえメシ食わせてもらったほうがまし、って生活なんだよな。なんせ近頃、夜は冷えっだろ? ほんと寒くてなァ」

ただの脅しだ。怯むな。

だが、妙に細かくリアルな内容だった。嘘ではないのだろう。

山岸が低く応じる。

「抜けるわけないだろ。ここまできて」

猿は、げらげらと笑う。

げらげらという擬音そのものの、がさつで下品な笑い声だ。

「よっしゃ！　そうこなくっちゃな！」

岡部に銃口を向けながら、猿は山岸をそそのかす。

「なぁ。言っちまえば？　オレら、金目当てだけどさ～、おまえ、違うだろ？　店で愚痴ってた話、…おめえから言えねぇんなら、オレ、吐いちまってもいいぜ～？」

いったいなんのことを言っているんだ？

それでも、話の糸口になれば、と口を挟む。

「店？　どこかの店で知り合ったのか、きみたちは？」

またもや猿は、げらげらと笑う。

「どうすんの～お？　山岸ちゃ～ん？　オレ、口軽いからさァ、言っちまいそうなんだけど～お？」

「もちろん、自分の口で言うよ。そのために来たんだから」

「山岸っ！」

岡部は血相を変えている。手まで合わせて哀願する。

「頼むっ、やめてくれ！　俺が悪かった！　悪かったから……ここでバラすのだけは勘弁してくれ！」

いったいなにが起きているんだ？

冬樹は瞠目(どうもく)したまま、二人のやり取りを聞いているしかない。

山岸幸路は、冷酷な目で岡部を睨んでいた。そして、口を開いた。

「じゃあ、どこならいいんです？　僕は、もう耐えられないんですよ。あなたのようなゲスが、立花さんの親友づらしているのがね」

話が自分に向いたので、冬樹は反射的に尋ねていた。

「私？　……私がなにか関係しているのか……？」

冬樹の問いは無視して、山岸は岡部に語り続ける。

「僕は、もう立花さんとは関わらないようにと、それが条件だと、確かに言いましたよね？　…なのにどうです？　あれから何度も、この店にやってきてますよね？　いけしゃあしゃあと、恥ずかしげもなく」

「お、俺は、ヘルプで来てるだけだ！　言うなれば、厚意で…」

「そのわりには、閉店時などが多かったですよね？　お客様の少ない雨の日、とかね？」

「見張ってたのか……っ！」

「ええ。見張ってましたよ。当然でしょう？」

黙っていられず、再度尋ねた。

「山岸君、教えてくれ。いったいきみたちはなんの話をしてるんだ？　私にどういった関係があるというんだ？」

山岸は、ゆっくりとこちらに視線を移した。

瞳に奇妙な色が浮かんでいる。

唇の端が、微笑(ほほえ)む形に上がる。

「あなたを傷つけたくないから、罪をかぶったんです」

とたんに岡部が恐慌状態になった。

「やめろーっ！　言うなぁーっ！」

岡部の止める声など無視するように、山岸は続けた。

「僕は、横領なんかしていません。あなたが店長をしている店で、そんなことをするわけがないじゃないですか」

冬樹は思わず岡部に視線を飛ばしていた。

「……まさか……」

満足そうに、山岸はうなずいた。

「はい。あなたの親友だと言い張る、あのクズに、汚名を着せられたんです。あまつさえ、あの男は、僕の秘密を盾にして、金の返済まで押しつけた」

尋ねる声が震えた。

「なぜだ？　なぜ……そんなことを……」

どちらにした質問なのか、自分でもわからなかった。

「秘密……？　秘密って、……だが、返済金は一千万以上だったはずだぞ？　なぜきみがかぶった？　いや、その前に……岡部！　おまえ、おれを騙してたのかっ？　山岸君に罪を着せたなんて……おまえ、いったいなんで……」

岡部は頭をかかえて、しゃがみ込んでいる。

質問には、猿が、さも愉快そうに答えた。

「さっけとォ、女とォ、ギャンブルだろ～？　そのおやっさん、けっこう夜の街で有名だぜ～？　えばりくさって、女の横っツラ、札束でひっぱたくようなことするらしくてさ。近所のお水やお風の嬢たち、総スカンだってよ？　…あとはなんだっけ？　パチンコに、競馬競輪、競艇かァ？　自慢しまくってんだろ？　金ならいくらでも手に入る、とか言ってさ。…そ～んなクソ派手な遣い方してりゃあ、いっくら盗んでも足んねぇわなァ？」

膝が震えてきた。猿は本当に、岡部のべつの顔を知っているような口ぶりだ。

これは現実なのか。

長年信じてきた友人が、そんな卑怯なまねをして、未来ある若者に罪を着せたというのか。それに、今さっきの話の内容だと、岡部はまだ横領を重ねているようではないか……。

「……………岡部……。嘘だと言ってくれ」

岡部は手で顔を覆い、かぶりを振る。

「おまえ、…奥さんはどうした？　子供だって、由梨ちゃんは高校生で、鷹くんは中学生だろう？　……本当に、そんな悪い遊びをしていたのか……？」

返事はない。

「岡部！　顔を上げろ！　おれの顔を見て、説明してくれ！」

声を荒らげても、岡部は無言だった。逃げ場を失った子供のように、床上でうずくまり、低く唸るだけだ。

山岸は岡部を睥睨するように、冷たく言った。

「わかったでしょう？　僕は嘘をついていません」

山岸にもきつい口調で尋ねてしまった。

「じゃあ、なぜ！　その時に言えばよかったじゃないか！　なぜ……」

さらりと、山岸は言葉を吐いた。

「あなたを愛していたから」

予想外すぎる返しに、瞠目した。

「……え……？」

「知られたくないから、その男の言いなりになりました。でも、間違っていた。その男は改心なんかする気はない。赤の他人に罪を押しつけて、のうのうと暮らしている。あなたとも親友のふりをして、騙し続けている。この店を辞めてから、僕なりに調べてみたんです。そして、結論を出しました」

愛している？

言葉が脳内で意味をなさない。理解できない。

彼は男で、自分も男だ。しかも自分は、彼よりはるか上の年齢だ。

(慕っている、という意味か……？)

父親のように？　人生の先輩として？

悪い意味ではないだろう。だが、…それと、岡部の罪をかぶった事件とが組み合わさらない。

歩み寄ってきた山岸は、本当に王子のように見えた。

拳銃を持ったほうの手を胸に置き、もう一方の手を差し伸べてきたから、よけい愛を乞う美しい王子に見えたのかもしれない。

そして山岸は、ひどく真摯な瞳で告げたのだ。

「僕は、……あなたを救いに来たんです。愛するあなたを」

「……え……？」

「美しい囚われの姫君。僕のすべてを引き換えにしてもいいほど愛しているあなたを、この穢れた世界から救い出すために、――僕はやってきたんです」

2

晩夏のある日のことだった。

息子と外で夕飯をとる予定だった。仕事を終え、いつもの待ち合わせ場所、花屋の前まで急ぐと、潤は先に着いていたようだ。

「あ、父さーん、ここ、ここ!」

冬樹を見つけ、大きく手を振る。その姿に思わず頬が緩む。

息子の潤は、いくつになっても子供のように無邪気だ。可愛らしい面差しもあいまって、まだ高校生くらいにしか見えない。

じっさい、街を歩いている際、アイドル事務所にスカウトされたことも幾度かあるそうだ。

本人も興味はないし、冬樹も芸能界などという危険そうな場所には入れたくなかったので、事務所の名刺はすべて破棄したが、内心は息子の容姿を褒められることが純粋に嬉しかった。自覚はしているが、自分はかなりの親馬鹿なのだろう。

「待ったか？」

うーん、と考えるふりをして、

「ちょっとだけ。……あ、でも、いっぱい待ったって言ったほうがよかったかな？」

茶目っ気たっぷりの物言いに、冬樹は噴き出した。

「おいおい。嘘をついて、なにかねだる気か？」

潤は、へへ、と笑った。

「バレたか」

潤は二十一になっても、冬樹の背を越していない。まだ少しは伸びるだろうが、小柄なことは小柄だろう。

甘えた様子で、冬樹の鞄に手を伸ばしてくる。

「持つよ」

「父さんは、鞄も持てない年寄りじゃないぞ？」

言っても、勝手に鞄のファスナーを開け、覗き込み始めている。

「おみやげ、入ってないの？」

こういうところは昔のままだ。

潤は小さい頃から、仕事から帰ってくる父親を待ちわびて、玄関で出迎えるような子だった。鞄を開けて覗き込むのも、幼児の頃からの癖だ。

冬樹のほうもそれを承知で、毎日必ず土産物(みやげもの)を入れておいた。鞄の中からおもちゃや菓子を見つけ出し、はしゃぐ姿が可愛かったからだ。呼び方が『パパ』から『父さん』になっても、潤の癖は変わらないようだ。

「あ、チョコみっけ！　食べていい？」

もちろん潤のために入れておいたものだ。冬樹自身は菓子など一切食べない。男が甘味を欲するなど言語道断。自堕落になって道を踏み外すのがおちだ、と両親から厳しく躾けられている。

「食べてもかまわないが、これから食事だぞ？」

「いいの。甘いものは別腹」

チョコレートの包みを開け、ぱくりと頬張る姿に、思わず笑みが浮かぶ。

冬樹の両親は本当に厳格だった。あらゆる事柄に対して、禁止、いけない、駄目だ、許さない、の連続だった。

だから息子が生まれても、父母のところには極力連れていかなかった。

父母も、妻の麗子(れいこ)を毛嫌いし、あの女が産んだ子など見たくもない、と拒絶していたし、潤のほうも祖父母をひじょうに怖がっていたので、まったく問題はなかった。

そのかいあってか、潤はのびのびとした性格に成長した。

一般的に、潤くらいの年齢の息子は父親に逆らったりするものらしいが、潤はまったく違った。

大きな声では言えないが、風呂にもまだ時々はいっしょに入る。雷が鳴る夜など、潤は冬樹のベッドに潜り込んできたりもする。

料理も二人で作るし、掃除も洗濯も二人でやる。

いいかげん子離れ、親離れを進めなければいけないな、と思いつつも、親子の蜜月などそう長くは続かないだろうから、もうしばらくはこのままでいたい、とも思う。

潤は冬樹の宝物だった。成人した今でも可愛くてしかたがない。

どんなに疲れた日でも、この子の笑顔を見れば癒されたし、どんな苦労があっても、この子のためなら頑張れた。

冬樹は歩きながら、息子に尋ねる。

「それで？　今日はなにが食べたいんだ？」

「焼肉！」

いたずらっ子のような上目遣いで続ける。

「あとね～、スマホ、欲しいんだけどな？」

「このあいだ買い換えたばかりだろ？」

「一年も前じゃーん！」

「年寄りにとっては、ついこのあいだだ」

「若者にとっては、もうひと昔前だよ。…あ、さっき自分で、年寄りじゃないって言ったくせに！　——ね〜、駄目ぇ〜？」

潤は腕に抱きつき、ぶらさがるようにして甘えてきた。

冬樹は昔からこれに弱かった。潤のほうもそれをわかってやっているのだろう。

「わかったよ。じゃあ明日にでも店に行こう」

潤は満面の笑顔になる。子供のように両手を上げて、喜びを表す。

「やったーっ！　新製品出てるから、あれ買ってもらおっと！」

妻と別れて二十年。

時々、なにかの折に思い出す。

麗子はどうしているのか、と。

年上の、髪の長い、美しい女だった。

『あたし、パリにファッションの勉強に行きたいの。だから離婚して』

そんな台詞をぶつけられたのは、潤がまだ生後三か月の時だった。

むろん最初は本気にしなかった。普通、そうだろう。パリにファッションの勉強だと？

麗子はべつに服飾関係の学校を出たわけでもない。アパレルの仕事に就いていたわけでもない。高校を卒業してからろくに働いてもいなかった。三十八歳だった。

別れたいにしても冗談が過ぎると思った。

だが妻は本気だった。

エキセントリックな性格が魅力だと思ってつき合いだしたが、母親になってまでそんなふざけたことを言うとは思わなかった。

当然、冬樹は咎めた。

「潤はどうするんだ。連れていくのか」

麗子は嫌悪感丸出しでベビーベッドを見やり、片眉を上げた。

「まさか」

そのひとことだ。

冬樹は黙った。それ以上話をする気にはなれなかった。自分の子供をそんな目で見る女など、こちらから願い下げだ。まともな母親にはなれないのがわかり切っている。

その後は、父子二人だけの生活となった。

施設には入れなかった。再婚もしなかった。幸い近くに家庭的な保育所があったので、そこを頼りに、幼児期はなんとか乗り切った。学童年齢になってからは、男手ひとつで息子を育て上げた。

今でも当時の選択を悔いてはいない。

潤との日々は素晴らしいものだった。

初めて話した言葉は、『パパ』だった。立ち上がり、よちよち歩きを始め、幼稚園に通い、小学校、中学校、高校、大学……ひとつひとつの思い出が宝物だ。人一人が育っていく過程は、それほどまでに感動的で、美しい。

今、別れた妻には、怒りはない。憐憫（れんびん）しか湧いてこない。

パリにまで勉強に行って、ファッション業界で芽が出たのか、出なかったのか。

詳しく調べてはいないが、芽が出ていたとしても、一般人の耳には入らない程度だ。大成功というわけではないはずだ。

焼肉屋に入り、席へ着く。

メニューを眺めている息子を見やる。

冬樹と潤は、たぶん仲のいい親子の部類に入るのだろう。

二人暮らしの生活で、毎日ごく普通に会話をしている。

それでも息子のほうは学業に、友人たちとの遊びにと、なにかと忙しいらしく、さらには家ではゲームばかりだ。真剣な話し合いはあまりしてこなかった。

いい機会だ。少し突っ込んで訊いてみよう。麗子のように、ある日突然おかしなことを言い出されても困る。たまには親らしい質問をしなくてはな、と冬樹は口を切った。

「ところで——おまえ、大学を出たら、どうするんだ？　どういう職業に就きたいとか、なにかになりたいとか、夢はないのか？　未来の展望とかは、どんな感じなんだ？」

うーん、と斜め上を見上げて、悩んだ顔を作ると、

「とくにないんだよねぇ。しいて言えば、…ラクして暮らしたい？」

「そんなものは誰でもそうだ。おれだってラクして暮らせればいいと思ってるよ。だが、人間は働かなきゃ食っていかれないんだぞ？」

「そうだよねぇ。死ぬまで父さんの世話になるわけにもいかないし」

「あたりまえだ。いつまでもスネを齧（かじ）られちゃたまらない」

潤は、メニューをぱたんと閉じると、店員を呼ぶボタンを押す。ご注文はお決まりですか？　と尋ねる女性店員に、

「えっとね、ロースカルビセットと、牛タン塩と、ソーセージと、サンチュ、…あ、あと、ドリンクと、石焼ビビンバ二つずつ。…父さん、ほかになにかいる？」

「いや。とりあえず、それで」

潤も成人したのだから、二人で酒を酌み交わしてもいいのだろうが、どうもそんな気分にはなれない。親にとっては、子供はいつまでも子供だ。とくに潤は幼い感じなので、まだジュースのほうが似合うような気がしてしまうのだ。

冬樹はさきほどの話を続けた。

「将来の話だがな、…人生なんてあっという間だぞ？　大学を卒業して、新卒でどこかの企業に就職できれば一番いいんだが……」

肉が来た。潤は淡々とトングを使って網に並べながら、ぽつりと言った。

「……就職……なんか、実感湧かないんだよね」

「まあ、おまえくらいの年齢なら、そうだろうな。おまえの友人たちは、将来のことをどう考えているんだ？」

潤は、肩をすくめた。

「ま、いろいろ、って感じ？　熱い奴もいるよ。…あ、レオぽんなんか、漁師になりたいとか言ってるし」

レオぽん。渾名なのだろうが、近頃の子供たちの名前は奇抜すぎて、本名なのだかどうだかもわからない。

「漁師なんて、おもしろいところを狙ってるんだな。実家がそっち関係の仕事なのか？」

「ううん。ぜんぜん。でも海の男に憧れてるんだって。あと、みーりょんはお笑い芸人めざしてるとか、――あ、でも、父さんは？　どうだったの？　未来への展望、とかさ、若い頃からしっかりあったわけ？」

こっちに話を振ってきたので、冬樹も考えてみる。

「そう言われてみれば、……ないな」

ただ、まっすぐに生きること。

人様にうしろ指をさされないように、常に正しい道を選ぶこと。

人生の岐路に立つたびに、父母の教えに従った。どれがもっとも『正しい道』か。そうして今の自分になった。それだけのことだ。

(こんなんじゃあ、息子に偉そうな説教は垂れられないな)

焼けた肉を頬張っている息子を見て、冬樹は話を変えた。

「じゃあおまえ、彼女とかは、いないのか?」

潤は、あははは、と声をたてて笑う。

「いないよ~。ぜんぜんモテないもん」

「そんなことはないだろ? おまえは、…なんていうか、今風に言えば、イケメンってやつだと思うぞ? 親馬鹿かもしれんが、けっこう恰好いいんじゃないか?」

潤の笑いは苦笑になった。

「よく言われるけどさぁ……なんか、違うらしいんだよね。女子たちには、おもちゃにされてるって感じ? 男の匂いがしないんだって。危険じゃないとかも、言われる」

焼けた肉を小皿に取り、うなずいた。

「まあ、それはそうかもな」

じつは、冬樹も学生時代似たようなことを言われていた。

きみは男臭くないよね。顔はいいくせに、どこか植物的なんだよね、と。

じっさい、女性との性交渉は麗子だけだ。それも、数回だけ。

妻は冬樹よりひと回り以上年上だった。あちらから猛烈なモーションをかけられて、ほとんど襲われるような形で性行為にいたった。

どこで知り合ったのか、記憶にもない。確か道を歩いている冬樹を見かけて、気に入った、などとそんな理由だったはずだ。とにかく強引だったのだけは覚えている。

結婚もそうだった。子供ができたから籍を入れて、と命じられ、…本当に、文字どおり命じられた状態だ——唯々諾々（いいだくだく）と従った。

拒む理由もなかった。麗子は美しかったし、自由奔放なところも、自分にない魅力だと思っていた。たぶん自分は将来的にも、女性にアプローチをかけることすらできないだろうから、むこうが気に入ってくれたのならそれでいいと思ったのだ。

男として恥ずかしいので公言はしていないが、欲望が少ない冬樹は、あらゆる欲望の中で、『性欲』というものがもっとも希薄なようだ。

女性をどこかに連れ込んで、裸にするということ自体が、面倒で、煩わしい。

そんなことを言ったら、ほかの男には笑われるだろう。まだ四十五歳だ。性欲が枯れる歳でもないはずだが、冬樹は実物の女性だけではなく、アダルト画像などにもまったく興味が湧かなかった。自慰すら、若い頃からほとんどしてこなかった。

なぜだか性的なものに嫌悪感があるのだ。不浄で不潔な感じというか、不道徳な感じというか、…とにかく、できるだけ触れてはいけないもののような気がする。

そういうタイプの人間もこの世にはいるのだろう。

（潤も、おれに似てしまったのかもしれないな）

人と争うことはないが、自分の中に確たるものもない。

自分の優柔不断さと精神の脆弱さを押し隠すために、規則を守り、『正しい』と言われる道だけを選ぶ。

ある程度の自覚はあるが、…しかたない。それが自分なのだ。

自信もない。誇れる箇所もない。

こんな性格であることをわかっていたからこそ、父母はあれほど厳しく躾けたのかもしれない。

（潤にも、進むべき道を指し示してやらなければいけないな）

自分と似た性格だとしたら、先々生きる指針が必要だろう。

3

現実逃避に走っていたのかもしれない。

おだやかな記憶の海から戻り、冬樹は目の前の男に視線をやった。

そういえば——今日も、これから息子と外食の予定だった。

早くカタをつけなければ、待ち合わせ時間に遅れてしまう。今、この状況で、ずいぶん間の抜けたことを考えているなとは思うが、人間なんてそんなものだろう。恐怖や危険が迫っていればいるほど、住み慣れた場所に舞い戻って、布団をかぶって寝てしまいたい、などという情けない感情に囚われる。


——なにがあっても取り乱さないこと。有事の際にもっともその人間の本質が表れる。常におのれを律し、他者を慮(おもんぱか)ること。

叩き込まれた言葉が脳裡(のうり)で響く。

冬樹は懸命に意識を集中し、山岸に告げた。

「きみが、私を好意的に見ていてくれたことは、たいへんありがたいと思う。だから、その気持ちに甘えて、再度お願いしたい。――お客様だけは、解放してほしい。私はきみたちの要求には、なんでも応じる」

早くカタをつけるのだ。そして、息子と笑いながら夕食を食べるのだ。今日はいっしょに風呂に入ろう。背中を流してもらいながら、事件の顚末を語ろう。それが今のもっとも強い望みだ。

冬樹の言葉を受け、山岸は表情を強張らせた。傷ついたように見えた。嘆息し、嫌味な口調で言った。

「やっぱり、引くわけにはいかなくなりました」

「どういうことだ……?」

「とにかく、まずはそこから出てきてくれませんか?　こんなに離れていては、折り入った話もできません」

ふいに、ドンッと床を踏み鳴らす音。またしても猿だ。

「おーい!　まァだ現実がわかってねぇ馬鹿がいるぜ~?　‥おい、そこの椅子に座ってるクソ派手なかっこのババア!　今、バッグん中、手ぇ突っ込んだだろ?　‥ああ?　どっかに連絡でも入れるつもりかァ~?」

とっさに冬樹は叫んでいた。

「お客様！　危険ですから、動かないでください！　必ずなんとかしますから、まずは、お客様ご自身の安全を第一に考えてください！」

足早にショーケースから外に出て、山岸に頭を下げた。

「山岸君。お願いだから、お客様を解放してくれ」

山岸はわざとらしく眉を顰める。

「困りましたね。まだそんなことを言ってるんですか？」

「むろんだ。何度でも言う。人質なら、店員だけ、…いや、私一人でも十分だろう」

少々ふてくされたような顔で返してくる。

「十分と言えば、十分ですけどね。おもしろみがありませんよね」

「おもしろさよりも、金のほうが重要なんじゃないのか？　それと、逃げ切ることのほうが。それなら、人数が多くないほうがきみたちもやりやすいだろう？　お客様と、ほかの店員は解放してくれ」

猿が口出しをしてくる。

「さっきから聞いてっとさ、この支店長さん、ずいぶんいい子ちゃんだよなァ。まずはお客様を解放、とかさ〜、…てめぇの置かれてる立場、わかってねぇの？　そっちの、四角い顔のおっさんの悪事聞いても、てめぇへのラブコール聞いても、…なんてぇの？　ちっとも実感湧いてなさそうじゃん？」

山岸が、抑えた声で返す。

「……そうだよ。僕がなんで、おまえなんかの案に乗ったか、わかるだろ？　こういうわけだからだよ。この人は、いつでも生真面目で、堅物で、ルール、ルール、ルール、なんだ。いつも正しく、きちんとしてるから、人にはとても信頼されてる。敵なんか一人もいないし、嫌ってる人間も皆無だ。…ほんとにね、間違ったことは絶対しないんだよ。人間じゃないみたいにね。酒を飲ませてもまったく酔わない。だけど、…仲良くなろうと接近しても、ぜったい人を懐には入れてくれないんだ」

冬樹も言い返したくなった。

「しかたないだろう。私は四十五歳だし、この店の最高責任者だ。それなりの責任がある。仕事なんだから、生真面目にやるしかないだろう？　──それに、酒にはほとんど酔わないたちなんだ。親が両方とも教師でな、泥酔するのはひじょうに見苦しいことだと、幼い頃から言われ続けたから、どうも酔えなくなってしまったらしいんだ。飲んでも、無意識にストッパーがかかるんだよ。…いや、そもそも、酒も煙草も、嗜好品と言われるものは罪悪だと、叩き込まれてきたものでね。恥ずかしい話だが、世間への手前、つき合うだけで、本人はまったく楽しめないんだ」

「甘いものも、そうですよね？　僕は、立花さんがお菓子を食べている姿を見たことがありません。みんなのお土産を断る時に、そういう話をしていましたよね。ご両親の言いつけで甘いものは食べられないと」

「そうなんだ。よく覚えていたな？」

「ええ。よく覚えてますよ」

「……そうか。きみは私のことをしっかり見ていてくれたというのに、…私は本当に駄目だな。岡部の話も、さきほどのきみの好意の話も……私はよく理解していなかった。すまない。だから、きちんと話し合おう。今なら、心を開いて語り合う準備がある」

「準備があるというわりには、他人行儀な口ぶりですよね」

「そうか？　だが、許してほしい。息子と大差ない歳のきみには、どうしてもこういう口調になってしまうんだ。…それが気に入らなかったのか？　…だったら、対処する。私は頭の固い人間だが、誠心誠意善処しよう」

「僕は、二十八ですよ？　立花さんの息子さんとは、けっこう歳が離れてますよ？」

「そんなことはない。私から見れば、息子の同級生のような感じだ。それにきみは、『王子』などと渾名されるほど容姿のいい若者だからな。おじさんとしては、どうしても一歩引いてしまっていたんだ」

山岸はあきらかに不満げな顔になった。

それでも怯んでいるわけにはいかない。

さきほどからの様子を見て、山岸たちにはほかに目的があるように思えてきたからだ。本来ならば顔など晒さず、宝石と現金だけを強奪して逃げればいいものを、いやにぐずぐずと時間をかけている。

もしや、女性たちをレイプする気ではないだろうか。

海外などの強盗事件の際は、かなりの確率でレイプ犯罪が起こるという。

今、店内にいる女性は、萩野様の奥様、若いカップルの片割れ、奥様ふうの三人連れ。店員では、堺、鈴木、永田の三人だ。

（もしかしたら、堺亜希子が狙いかもしれない）

山岸とも歳が近い。まだ三十にはなっていないはずだ。そして顔立ちの整った美人だ。現に堺は、お客様から何度かストーカー被害も受けている。鈴木紗花は四十間近、永田倫子は五十過ぎだが、女性としては、三人ともたいへん魅力的だ。山岸や、猿、豚が惚れ込んでいてもおかしくはない。

そこまで考え、言い方を変えた。

「では、せめて女性だけでも、店外に出して差し上げてくれ」

「いいえ。駄目です」

にべもなく断られる。やはりレイプ目的なのか。冬樹はさらに懇願した。

「なら、……別室では、どうだ？　宝石を奪うにしても、金を奪うにしても、……冤罪を晴らすにしても、…なににしても、女性たちはいらないだろう?」

山岸はほかの二人と顔を見合わせた。

目だけで意思の疎通ができたらしい。猿がうなずく。

「いいんじゃねぇの?」

そこで、豚マスクの男が初めて口を開いた。

「ボクも、かまわないよ? 女の人たちは別室に閉じ込めておこうよ。泣いたりしたら、可哀相だよ」

驚くほど気弱な声だった。口調もおとなしい。

こんな男が前科持ちなのか?

一瞬そう思ったが、もしかして性格がおとなしすぎて、かえって世渡り下手になってしまったのかもしれないな、と思い直す。いじめ被害などにも遭いやすそうだ。

「よっしゃ! そういうわけなら——女ども、両手上げて、一人ずつ前へ出な。テーブル席のババアどもからだ」

猿は偉そうに顎を上げ、命じたあと、つけ加える。

「おっと。その前に、スマホやケータイ出しな。全員な。男もだ」

凍らされていた身体を解凍するように、みなのろのろと動き、バッグの中、ポケットの中を探る。

「おーし、んじゃあ、それを床に置け」

カシーン、カシーンと、あちこちから音が響く。

恐怖におののいて、かがんで床に置くどころではない、みな投げ捨てるようになってしまったようだ。

そこで、萩野老が毅然とした声で告げる。

「わたしも妻も、そういうものは持っていない。信じられないなら、調べてくれ。鞄の中でも、服のポケットでも」

猿はうなずいた。

「ま、年寄りだもんな。持ってなくてもおかしかねぇよな」

おどおどと永田が声をかける。

「……あ、あたしたちは、…バッグの中に…」

鈴木が続く。

「あたしも、です。みんな私物はスタッフルームのほうに置いてあるんです。だから今は持ってません」

山岸が口をはさんだ。

「本当だよ。この店、私物はスタッフルームに置くきまりだった。そっちまでついていって、預かってこなきゃいけないね」

「逃げられねぇか?」

「大丈夫。男女のスタッフルーム、どっちも窓がないし、固定電話もついてない。それで、外鍵があるから、閉じ込めてしまえば問題ない場所だよ」

「そっか。じゃ、そこでいいな」

猿は屈み、床に置いてあったボストンバッグからガムテープを取り出した。やはり用意周到だったようだ。いったん拳銃をポケットにしまい、手招きする。

「端のババアから、一人ずつこっち来な。手首、前でくっつけるんだ」

失礼なまねはやめてくれ! と怒鳴りたかったが、かろうじてこらえた。今は刺激しないほうがいい。ほかの部屋に行かせてくれるというなら、おとなしく従わなければいけない。

がたがた震えながらも、女性たちは歩み寄ってきた。手首を合わせ差し出すと、猿は無造作に、まるで荷物でも梱包するように、ガムテープで女性たちの手首を巻いていく。

「口はどうする、山岸?」

「この期に及んで叫ぶようなお馬鹿さんはいないだろうし、塞がなくていいよ」

女性たちの中には、すすり泣いている者もいた。

堺亜希子は、猿に手首をぐるぐる巻きにされつつも、横目で山岸を睨んでいる。鈴木紗花と永田倫子も恨みがましい目で見つめている。

堺は山岸に小声で語りかけた。

「山岸君。岡部さんに罪を着せられたのはわかったわ。だけど、自分の身の潔白を証明したいなら、警察へでも行けばよかったでしょうっ？　こんな……昔の仲間たちを売るようなまねをして……」

堺に咎められても、山岸は動揺すらしなかった。

「どうぞ、お好きなように思っていてください。僕の気持ちなどは、しょせんわからないでしょうから」

「相談してくれれば…」

「あなたに相談したいことなんか、一切ありませんでしたよ。立花さんにだったらべつですけどね」

堺亜希子は、たぶん山岸に少なからず恋心があったのだろう。自身の美貌にも自信があったようだ。それを冷たくあしらわれて、かなり傷ついた様子だった。そこからは無言になった。

女性たち全員の手を縛り終えると、猿は豚に命じた。

「じゃあ、西っち、こいつら、スタッフルームとかに押し込んでこいや。…んで、スマホもちゃんと取り上げてくるんだぞ？」

冬樹は耳に神経を集中させた。

西っち。確か今、そう言った。

西か、西田、西谷、など、西の字がつく苗字なのかもしれない。

（少しでも名前らしきものを言ったら、覚えておかなければ）

犯人の一人は山岸幸路。あとの二人の名前、顔、身体特徴も、なるべく詳しく警察に伝えたい。

そこまで考え、自嘲で嗤えてきそうになった。

（生きて、警察を呼べれば、の話だがな）

いや、…だが、防犯カメラを撃ち壊している。警備会社は、異変を察知しているはずだ。すでにこちらに向かっているかもしれない。

猿は女性たち一人一人の顔を覗き込み、ピタピタと拳銃で頬を叩きながら、半笑いで念を押す。

「わかってんだろうな？　おめぇらが少しでも妙なまねしくさったら、あの、お優しい支店長様の頭に、こいつ、ぶち込むからな？　戻ってきた時、脳味噌ぐちゃぐちゃの血みどろの光景、見たくなかったら、間違っても、外に助けなんか呼ぶんじゃねぇぞ？」

こらえ切れなくなったのか、鈴木と永田が嗚咽を洩らし始めた。

「……支店長……」

「……すみません、立花さん。あたしたちだけ逃げて……」

冬樹は促した。

「いいから。行きなさい。私は大丈夫だから」

そこに来て、声が上がった。萩野様の奥様が激しくかぶりを振っていた。よろよろとご主人へと歩を進めている。

「いいえ！　あたくしは残ります！　主人を置いて逃げられません！」

機械的に山岸が拳銃を向けた。冬樹は叫んだ。

「行ってください、萩野様！　ご主人は必ずお守りいたしますから！」

萩野氏も声を振り絞っていた。

「おまえ、行きなさい！　おまえだけでも逃げるんだ！」

やはり猿が嫌味に笑う。

「おいおい、爺ちゃん。だ〜か〜ら、逃がすとは言ってねぇだろ？　スタッフルームに行け、っつったただけだって。馬鹿なことばっか言ってっと、婆ちゃんの腹に銃弾撃ち込むぞ？　それとも足か？　痛くってもなかなか死なねぇ場所に撃ってやっぞ？」

全員が震え上がった。歯向かったら本気で撃ちそうだったからだ。

そうしているうちに、若いカップルの女性も、彼氏のもとへと駆け寄っていた。手を拘束されているため、金髪の青年に身体ごとぶつかっている。

彼氏のほうは、手で娘を押し返す。

「ほら、おまえも行けってば。女なんだからよ」

若い娘は涙でぐちゃぐちゃの顔で、彼氏に身を擦り寄せた。

「りょうちゃーん。やだよう、りょうちゃーん」

「ダイジョブだって。なんとかなんべ？」

娘を安心させようとしたのがよくわかる、みえみえの軽口だった。

それでも、ピンク色の髪を耳上で二つに結んだ若い娘は、彼氏から離れようとはしない。

「やだぁ。死ぬ時はいっしょだもん。あたしも残るもん！」

胸が痛くなるような光景だった。萩野夫婦だけではない、あんなに若い子たちですら、互いを慮っているというのに、いったいなぜ山岸たちはこんな蛮行に及んだのか。

猿は無慈悲に若いカップルに割り込んだ。

「はいはい。美しい愛情劇はもういいからさ。こっちが親切で言ってるうちに、出てってくんね？　オレ、そういうの、正直ヘドが出そうになっからさ」

娘は、一回だけ彼氏にキスをして、大泣きしたまま、ふらふら離れた。

拳銃の先で小突かれても、振り返り振り返り彼氏を見て、犯人たちに哀願した。

「………りょうちゃん、……殺さないで。お願いだから、…殺しちゃヤだよ……？」

あんのじょう、猿は下品な笑い声をたてる。

「それは、こいつらの出方次第だな。おまえらも、同様。オレら怒らしたら、一匹ずつブチ殺してやっからさ。静かにしてるんだぜ？」

女性たちを見送ったあと、残された男性陣は、一様に嘆息した。

最悪の事態だけは避けられた。…いや、一瞬でも先送りにできたと言い直すべきか。

「じゃあ、メスブタどもはブタ小屋に押し込んだから——次は肝心のオスどもだな。まず、床に座り込んでるクソ野郎、…そこの、山岸に罪着せやがった、しょうもねえクズからだ。こっち来て、縛らせろ。…ああ、オスどもは、暴れねえように手足縛っかんな」

岡部は立ち上がる余裕さえなかったようだ。四つん這いで這ってくると、素直に手を差し出した。

女性たちよりも数巻き多くガムテープを巻くと、猿はおもむろに岡部の胸を蹴った。背後に倒れたところを、両足首を掴み、ぐるぐると巻く。わざと手荒なことをしているようだ。山岸の代わりに懲罰でも加えたいのかもしれない。

次は、と前に一歩踏み出そうとした冬樹を、山岸が止めた。

「立花さんは縛りません。そのままでいてください」

猿が続ける。

「そういうこと。もう一人の店員、…あんた、来いや」

渋谷は新婚で、先月赤ん坊が生まれたばかりだった。だからだろうが、さきほどから空気になってしまったかのように気配を消していた。声すら一度も発していない。妻子のために身の安全を図りたいというのはあたりまえの人情だから、とくに咎める気はなかった。

渋谷の次は萩野老、金髪の若者。みな無言で従った。

両手両足を縛られた男性陣は、ショーケースを背にする恰好で床に座らされた。体育座りで一列に並ばされた姿は、一見すると滑稽で、だからこそおぞましかった。

「それで？　私はどうすればいいんですか？」

自分は縛られない。ならば窃盗の補佐役をさせられるのだろう。

冬樹は、その時にはもう覚悟を決めていた。

売上金や宝石を強奪されても、いちおうは保険が利いている。それよりも店側がもっとも恐れなければいけないのは、被害者が出ることだ。万が一死者など出たら、ジュエリー・ノーブルの名は地に落ちてしまう。全国展開している、業界でも上位の宝石店なのだ。それだけは避けなければいけない。

てっきりショーケースを開けさせられるのだと思い込んでいた。それか、二階への案内か。山岸は店の内部に詳しい。どこに高価なものがあるかわかっているはずだ。

じつは、本当の高額商品は、一階にはない。エスカレーターを上がった二階に展示されているのだ。金庫室も二階だ。

そのエスカレーターも、一般客の目には入らないよう、奥に備えつけられている。高額商品をご希望の顧客だけを、必ず店員付き添いで案内するように、だ。

むろん金庫の暗証番号も、店長である冬樹と、部下の渋谷、女性では勤続三十年を越える永田倫子しか知らない。

しかし、意に反して、山岸はおかしなことを言い出した。

「そうですね。邪魔な女性たちは閉じ込めましたから——あなたには、これからストリップでもしていただきましょうか」

頓狂な尋ね返しをしてしまった。

「……ストリップ？　私が、か？」

正直驚いた。若い女子店員にやらせるならわかるが、四十を過ぎた自分などを裸にしても、楽しいわけがなかろうに。

山岸は、意味深にうなずく。

「そうですよ。お金も宝石も、もちろんもらっていきますけどね。まずはお楽しみが先ですからね」

ようやく意味がわかった。山岸は冬樹を辱めたいのだろう。

さきほど、好意をいだいていたようなことを言っていた。じっさい彼は、冬樹に懐いていたように見えた。

「そんなに……私が憎いのか？　岡部の悪行を見破れなかった。きみに罪を着せてしまった。きみを信じてあげられなかった。……だが、…本当に知らなかったんだ。今からでも、しかるべき手を打とう」

「それは、もういいんです」

「金を盗めば、もういいというのか」

「そうじゃありません。もういいんじゃありません。僕の望みは、違うところにあります」

「言っている意味がわからない。きみの望みと、私のストリップと、どういう関係があるというんだ?」

「いいから。始めてくださいよ。なんならステージでも作りましょうか?」

窓際の接客コーナーに行くと、山岸は椅子をどかし、二つのテーブルをくっつけた。

「さあ、この上で、やってください。みんなに見えるようにね」

「本気なのか……?」

「もちろん」

椅子を動かし、まるで観客席を設(しつら)えるように配置する。

数は三つ。自分たちの座る席だろう。

テーブルをステージに見立てるなら、一等席が犯人たち、背後の床に座り込んだ者たちが二等席といった感じだ。

そこで唐突に、誰かが叫んだ。

「やめなさいっ。そんなことをしてなにになる！」

萩野老だった。

「きみたちのしていることは犯罪だ！　これ以上罪を重ねてもしかたないだろう！」

当然のことながら、猿が怒鳴りつける。

「ジジイ、黙ってろって言っただろ！　殺されてぇのかよっ⁉」

冬樹は狼狽した。犯人たちを興奮させてはまずい。

「萩野様！　かまいません、私は大丈夫ですので！」

大事なお客様に怪我(けが)など負わせるわけにはいかないのだ。ためらっている場合ではない。

一刻も早く事態を収拾させなければ。

冬樹は、大きく二、三回深呼吸をした。

落ち着け。入社時の研修で教えられた強盗対策を思い出せ。

（まずは相手を刺激しないこと、だったな）

冷静沈着に、余裕を見せるのだ。

緊急事態にこそ、その者の本性が表れる。両親にも常々言われていたではないか。

冬樹は声を抑えて、告げた。

「中年男のストリップなどでよろしければ、いくらでも裸になって差し上げますが、お目汚しになるはずですよ？」

山岸は、どっかと椅子に腰を下ろした。

足を組み、ふんぞり返って命令する。

「お目汚しかどうか、決めるのはこっちですよ。――ほら、さっさとやってくださいよ、立花さん？」

猿も続いて座りかけ、思いついたように豚に命じる。

「おまえは、椅子そっち持ってって、人質見張ってな。馬鹿なまねしやがったら、容赦なくブチ殺せ。いいな？」

「うん」

立場的には豚が最下位らしい。重そうな身体を動かし、椅子を一脚ずるずると引き摺って、少し離れた場所で腰を下ろした。持ち上げているのが怠くなったようで、膝の上に手を置いているが、銃口はしっかり人質に向けられている。自分がおかしなまねをしたら、誰かが撃たれるかもしれないのだ。

冬樹はおもむろに靴を脱いだ。

接客用のテーブルに土足で上がるのは憚られたからだ。

そばにあった椅子のひとつに足をかけ、『ステージ』へと上がる。

床上八十センチほどだが、やはり怖い。全員の目線が下から来るので、よけい高さを感じてしまう。

狭いし、足元もおぼつかない。ありあわせのもので『ステージ』を設えられ、ふざけたストリップなどをさせられるのだ。ひじょうに屈辱的で不本意だが、これでなんとか時間稼ぎができれば、外部に連絡を取る方法も見つかるかもしれない。警備会社の人間が駆けつけてくれるかもしれない。

そこで思い出す。

（……そうだ、潤が来るんじゃないのか？）

今は何時だ？　ちらりと壁の時計に視線を流すと、すでに八時だった。

閉店してから売上金の計算、夜間金庫への投入など、事務手続きを終えるのに四十分くらいかかる。なので、夕食の待ち合わせはいつも、駅の花屋前で九時だ。

しかし、なにかの事情で遅れた場合、潤は店の裏口まで来るのだ。

父親の冬樹が勤務しているジュエリー・ノーブルに、潤は幼少期から遊びに来ていた。人懐こく可愛らしい子供だった潤は、店員たちにもアイドル扱いされていたため、しょっちゅうスタッフ・ルームにまで入り込んでいた。

大きくなってからは、駄目だぞ、お兄さんやお姉さんは、仕事をしてるんだからな？おまえと遊んでばかりはいられないんだぞ？　とやめさせていたが――そうだ。いつまで経(た)っても待ち合わせ場所に来ない、電話連絡も取れない、となれば、こっちにまでやってくる可能性が高い。

だったら、それに賭けよう。

（潤が来てくれたら。強盗に気づいてくれたら……）

我々は助かる。全員無事に逃げられるし、金品の強奪も防げる。

だったら、少しばかりの恥など、どうでもいいことだ。

――人のために生き、人のために死になさい。

そうだ。そのとおりだ。

全員の命と、店のために、ストリップだろうがなんだろうが、やってやろうではないか。

4

恥ずかしがる必要などない。幸い、この場にいるのは男ばかりだ。温泉の脱衣場だとでも思えばいい。

ジャケットを脱ぎ、たたんで足元に置く。次はネクタイに手をかける。

あくまでも粛々と行うのだ。狼狽などしたら、奴らの思うつぼだ。

ネクタイを外し、ワイシャツを脱ぐ。

猿が下品な口笛を吹いた。

「へーえ！　あんた、けっこういい身体してんじゃん！　服着てる時にはわかんなかったけどさァ」

無視して、下のシャツも脱ぐ。脱ぎ終わったものは、屈んで一枚ずつたたむ。

テーブルは木製だ。思ったよりも頑丈らしく、上でふざけたことをやっていても、とくに軋(きし)みもしない。

「几帳面(きちょうめん)だねぇ。いつもこんななの、この人？」

猿の問いに、山岸が応える。

「そうだね。いつも几帳面だったよ。なにに対してもね」

笑われても、性分なのだ。しかたない。それに、職場の、普段お客様を相手にする場所で服を脱ぎ散らすなどということ自体、考えも及ばぬことだった。

とりあえず上半身脱ぎ終わり、尋ねる。

「下も脱いだほうがいいか」

「あったりまえじゃん。ストリップだって言ったろ？」

聞くまでもなかった。冬樹は怯まずにベルトに手をかけ、外した。

ズボンも脱ぎ、たたむ。

囃し立てるような声が飛んできた。

「へえ。ボクサーブリーフ派？　色も紺かぁ。地味だねぇ！」

この歳で、奇抜な色柄の下着など着けるわけがないだろう。内心でそう反論する。

猿はさらにヤジを飛ばしてきた。

「なあ、もうちょっと色っぽく脱げよ～。観客、ちっとも楽しめねぇぞ～？　腰振るとかさァ～、焦らすとかさァ～」

色っぽく？　腰を振る？　…馬鹿らしい。そういうことを望むなら、そういう人間にやらせればいいのだ。自分は、色気などとはもっとも遠い位置に存在する人間だ。

「申し訳ありません。こういうことには慣れておりませんので」

あとは、ブリーフと靴下だけだ。

さすがに躊躇した。最後の一枚を脱ぐのを、せめて少しでも遅らせたくて、足を上げ、靴下に手をかける。そこで、猿の止めが入った。

「ちょい待ち。…な、靴下は穿(は)いたままのほうが、よくね？」

振ると、山岸が応える。

「そうだね。僕は穿いてるほうがいいな。淫猥(いんわい)に見える」

「だべ？」

どうでもいい。あと一枚だ。

冬樹は、最後のブリーフも下ろした。足から引き抜き、いちおうはパンパンと手で叩き、形を整えて、ほかの衣服の上に置く。

終わった。

顔色ひとつ変えずにやりとおせたはずだ。

性器はとくに隠さない。見たければ見ろ、という気分だった。

自分は羞恥など感じない。べつに誇れるような身体でもないが、卑下する必要はないだろう。年相応か、いくらかは若々しいと言われる程度の肉体のはずだ。

（さあ、気が済んだか？　おもしろくもなんともなかっただろう？）

店内は空調が利いている。頭に血が上っているせいもあるだろうが、寒さは感じなかった。

ぐるりと周囲を見下ろす。

犯人三人は、じっとこちらを凝視している。反して縛られた四人のほうは、せめてもの気遣いだろう、冬樹から目をそむけるようにして、あらぬ方向を見ている。

十分辱めは受けた。これで満足だろうと、山岸に視線をやる。

山岸は椅子から立ち上がった。数歩近寄り、こちらに手を差し出した。

「もういいですよ。下りて」

素直にその手を支えに、テーブルから下りた。

では次は宝石強奪の手伝いをさせられるのだな、と一人決めして、脱いだ服に手を伸ばしかけたところを、止められた。

「駄目ですよ？　まだ裸でいてくれなきゃ。ストリップも終わりましたから、立花さんも拘束させてもらいますよ？」

裸のまま店内をうろつけというのか。一瞬ムッとしたが、山岸は猿と話し合っている。

「どっち？　前？　うしろ？」

「うしろ手のほうがよくね？」

「だね」

好きにしろ、という気分で、言われる前に手をうしろに回した。

（やれやれ。せめて警察が来た際には、服を着ていたいもんだな）

たぶん、だいぶ切迫感が薄れていたのだ。犯人の一人が山岸幸路で、あとの二人も、まだ誰も傷つけてはいない。怒らせなければ、最悪の事態だけは避けられるだろう、と。

ガムテープで手をぐるぐる巻きにされる感触は、かなり不快なものだった。肌が引き攣(ひ)(つ)れるし、予想外に圧も強い。

（剝(は)がす時、痛いだろうな）

さっきからずいぶん悠長なことばかり考えているな、と笑えてくる。

ちらりと壁の時計に視線を流すと、八時半。

あと三十分で潤との待ち合わせ時間だ。

もう少し。のらりくらりと相手をしていれば、きっと息子がこちらに来てくれる。それを待とう。

ふいに――山岸が手を伸ばしてきて、冬樹の首筋に触れた。

「……ぇ……？」

一瞬、おののいた。奇妙なさわり方だったからだ。

ねっとりと湿っているように感じられる手。

確実になにか意図がある。手は首筋を這い、鎖骨のあたりをくすぐった。

ぞわぞわと生理的な嫌悪感が湧き起こってきた。

山岸と視線を合わせると、目に熱がこもっていた。

「………きみは……」

こんな目つきをする男だったか？

以前からそうだったような気もする。しかし、……自分をこんな目で見る同性は、今までいなかった。

「ようやくわかったんですか？　――そうですよ。ゲイです」

「……っ……⁉」

「僕だけじゃなく、この二人とも、ゲイです。そうでなければ、つるんでませんよ。さっき、店のことを訊いてましたよね？　あれ、もちろんゲイバーですよ。僕たちはそこで知り合ったんです」

一気に血の気が引いた。自分がとんでもない過ちを犯してしまったことに気づいた。

レイプを恐れていたが、犯人たちが性的に興味を持っているのは男性だったのだ。女性じゃない。

しかしどこかでまだ楽観視している自分があった。

(怯えるな。私は、若者に性的な興味を持たれるような年齢じゃないんだ)

これは、ただのからかいだ。真に受けるな。

それよりも危険なのは、金髪の青年だ。彼がターゲットにされてしまうことだけは避けなければ。

山岸は、さもおかしそうに唇の端を上げた。

「あれ？　もしかして、自分には魅力がないから、なんて思ってやしませんか？」

「あ、あたりまえだろう。常識的に考えてありえない」

「常識的？　…そうでしょうね。僕自身も、苦しみましたよ。あなたのような人に恋焦がれるなんて、馬鹿だ、ってね」

ぞわっと全身の毛が逆立ったような気がした。

「いいですねえ。顔色が変わってきましたね。あなた、知らなかったでしょう？」

「……し、知るわけが、……いや、冗談だろう？　脅しのために」

途中で遮られた。

「冗談でも、脅しでもないですよ。もっと正直に言っちゃいましょうか？　僕は、この店にいる時、あなたとキスしたい、あなたを裸に剝きたい、あなたのケツにぶち込みたい、毎日そんなことばっかり考えてましたよ。だけど、何度も誘いをかけたのに、あなた、ちっとも乗ってきてくれませんでしたね」

清潔そうなルックスにそぐわない下卑た物言いが、かえってリアルだった。

必死に思い出してみる。

そうだ。山岸という男は、やれ一緒に酒を飲みましょうだの、ゴルフはどうですか？　釣りは？　カラオケは？　などと、ずいぶんと冬樹を誘ってきていた。その際は、近頃の若い者は人懐こいのだなと、親ぐらいの年代の男を誘ってなにが楽しいのか。それとも、上昇志向が強いため、上司に媚びているのだろうか、と適当にあしらっていた。

（……まさか、性的な誘いだったとは……）

わかるわけがない。わかるわけがないではないか。冬樹は、同性に対して一度も欲望を感じたことなどなかったからだ。

言い訳を吐いてよければ、すべて告白してしまいたかった。同性どころか、異性にも欲望を感じないほど、ひじょうに淡白な男なのだと。だから、きみの性癖を疎むとか、無視していた、というのではなく、誰からそういう目を向けられてもわからなかったはずだ。笑ってくれてかまわないが、自分はとことん鈍感な人間なのだと思う、と。

「もうひとつ。教えといてあげましょうか。あなた、こっちの世界の人間から見ると、とても蠱惑的で、色っぽいんですよ」

「……は？」

「ゲイの世界でよく言われるのは、捨てるとこなし、って言葉なんですよ。熊専、…わかりますか？　太った男や、毛むくじゃらな男なんかが好みだ、とかね、老け専、…年配者が大好きだとか――それこそいろいろいるわけなんですよ。どんなタイプでも、好む人間がいるんです。中でも、あなたみたいな年齢の、あなたみたいな容姿のノンケは、…そうですね、まず、どの趣味の男でもイケるはずですよ？　全員のストライクゾーンど真ん中って感じですかね」

自分が男たちの欲望をそそる？　全員のストライクゾーンど真ん中？

生理的な嫌悪感で全身の毛がそそけ立った。

（……じゃあこの男たちは、私を犯そうとしているのか……？）

同性愛者を侮蔑しているわけではないが、自分が性愛の対象にされるというのは、正直言って信じられない話だった。

今たぶん、自分はとんでもない窮地に追い込まれている。

しかし、ターゲットが自分だというなら、それはかえってありがたいことかもしれない。

（しばらく耐えればいいだけだ）

女ではない。レイプされたとしても、妊娠はしない。

女性たちを別室に行かせておいてよかった。こんな無様でえげつない場面を、女性たちの目に晒さないで済んで本当によかった。

山岸は、じっと冬樹を見つめている。

まるで視姦されているようだ。

「綺麗な身体ですね。……夢にまで見ましたよ。あなたのこういう姿をね」

肩から背中、尻まで、ゆっくりゆっくり撫(な)で下ろす。冬樹は棒立ちのまま耐えていた。毒虫が這っているようだった。撫でられた箇所がじわじわと熱を持つ。意識がすべて山岸の手に集中してしまう。

「綺麗なわけがないだろう。ただの、緩んだ中年男の身体だ」

山岸は前にまわり、うっとりとした様子で冬樹の胸を撫でた。

「綺麗ですよ。ほら、きめ細やかな肌に、しっかりと筋肉が入っていて……乳輪と乳首は、淡いピンクですね」

ビクッと身がすくんだ。指先が乳首に触れたからだ。

山岸は、くくっ、と笑う。

「乳首、感じるんですか？」

せめてもの虚勢で応える。

「感じたんじゃない。刺激に、反射的に反応しただけだ。勝手に解釈しないでくれ」

「そうですか？　まあ、いいでしょう。今は、そういうことにしておいてあげますよ。感じない人を堕(お)とすのも、また楽しいもんですしね」

「私は堕ちたりなどしない。弄(もてあそ)びたいなら、弄べばいい」

山岸は、なぜだか黙る。

面と向かって冬樹の目を見つめて、子供に言い聞かせるように言った。

「僕は、あなたを憎んでこんなことしているわけじゃないんですよ？　…最初に言ったこと、忘れてしまったんですか？」

「最初？」

「ええ。美しい囚われの姫君を救い出す、って。言いましたよね？　きちんと？」

「美しい囚われの姫君？　…ああ、確かに言ったが……では、やはりきみは、女性が好みなんだろう？　もしかして、堺君を狙っているのか？」

唐突に、山岸は馬鹿笑いを始めた。顎を反らし、天を嗤うような姿だ。

「ほんとに、あなたって人は！　つくづく頭が固いんですね！」

言葉の通じない人間と話しているようだ。冬樹は焦れてきた。

「レイプをしたいのなら、すればいい。――で？　どうすればいいんだ？　確か男同士は肛門性交をするんだったな？」

こんな貧相な身体に欲情するというなら、してみるがいい。そういう反骨の思いで尻を向けようとする。

山岸は笑いながら止めた。

「せっかちですね。僕がどれだけこの日を待ちわびたと思うんですか？　そんなに簡単には犯しませんよ」

どういう位置がいいかな？　独り言のように呟く。しばらく考えていたが、なにかを思いついたのか、椅子を引っ張り寄せた。テーブルの斜め前に二脚。

「いいことを思いつきました。内診台みたいなものを作りましょう」

「内診、台？」

「ええ。お子さんがいらっしゃるのだから、わかるでしょう？　婦人科で女性が寝る、あれですよ」

ゾワッと肌が粟立つ。

「からかうのもいいかげんにしてくれ！　そんな馬鹿なことをしている間に、通りすがりの誰かが気づいて、警察に通報するかもしれないんだぞ？　防犯カメラを打ち壊して、もう安全だと思っているのかもしれないが、警備会社のほうは異変を察知しているはずだ。もしかしてもう向かっているかもしれない。きみたちには危機感というものがないのかっ？」

「誰も通報なんかしませんよ。外部からはまったくわからない状況ですから」

「……え……？」

「警備会社も、異変は察知できません」

なぜそこまできっぱり言い切るんだ、と考え、…思い出した。

山岸という男は、機械にたいへん精通していたはずだ。パソコンやインターネット関連にも詳しかった。店内で電気関係のトラブルがあった場合は、誰もが彼に頼った。

「……もしかして……配線を、切っているのか……」

にやりと意地悪く笑う。

「カメラを撃ち壊したのは、単なるパフォーマンスですよ。その前から回線をジャックしています。今、警備会社には、なにごともない店内の画像が流れていますよ。閉店後も、そうです。…あなた、僕がこの店の定員だったこと、忘れてやしませんか？」

尋ねる声が震えてしまった。

「そんなに以前から、犯罪の準備をしていたのか……？」

「いいえ。本格的な計画はここ数か月ですね。画像ももちろんフェイクで作ったんですけどね、…でも、通報されたとしても、かまわないんです。——あなたこそ、危機感を持ったほうがいいですよ？　もしここで警察が踏み込んできたりしたら……」

意味深に笑う。

確かにそのとおりだった。恥を晒すのは自分だ。言いなりになるしかない。

山岸はテーブルを指さした。

「じゃあ、腰かけてください。二つのテーブルの真ん中に。こちら向きに」

言われるまま腰を下ろした。裸の尻に、木製テーブルが冷たかった。

「足は、片一方ずつ、椅子の背に」

冷静に。落ち着け。

怒りも屈辱も感じるな。こいつらは犯罪者だ。自分がしようとしていることは、今できる最善の策なのだ。恥じるな。怯えるな。

自分に言い聞かせ、心を殺し、右足、左足、と椅子の背に上げる。

むろんどういった体勢を取らされるのか、わかっている。大股開きの恰好だ。

背はあえて倒さない。倒そうとしても、うしろ手に縛られた手が邪魔をして寝転がることもできない。なにをされるのか、冬樹は自分の目で見なくてはいけないのだ。

「よっしゃ。じゃあ、これで、椅子と足をガムテで固定、だよなっ？」

立ち上がった猿も、大はしゃぎで手伝い始める。

「そうですね。固定したほうがいいですね。膝を閉じないように」

悪い夢でも見ているようだった。自分の職場で、部下やお客様まで巻き込んで、こんなおぞましい状況に陥っているとは。

人質になった人たちはどうしているのか。視線を流すと——みな、目を皿のようにして冬樹を見つめていた。

三メートルほどの距離しかない。性器のすみずみまで、毛穴のひとつひとつまで見られている感じだ。

見るな！　見ないでくれ！

本心ではそう叫びたかった。岡部と渋谷だけだったら、叫んでいただろう。だが、萩野老と、金髪の青年がいる。二人はお客様だ。無礼な言動は慎まなければいけない。

なにより、運悪くこんな場所に居合わせてしまったのだ。彼らには本当に災難だろう。

冬樹は足を固定されながら、丁寧に謝った。

「申し訳ありません。お見苦しいところをお見せして……できれば、目を瞑っていていただけるとありがたいのですが」

即座に、猿が反論する。

「ダメダメ！　ショーはみんなで楽しまなきゃ。観客のみなさんは、目ん玉がっつり見開いて、しっかり見てってくれよな！　見なきゃ、おしおきだぞ？」

猿の言葉に乗じるように、山岸は恭しく人質たちに礼をした。片手を開き、片手を胸にあてるという、ステージでショーマンがやるような慇懃なお辞儀だ。

「では——皆様に、生涯忘れられないような素晴らしいショーをご堪能いただきましょう。一人の、道を誤った男性が、真実の自分に気づくという、感動的なステージです」

いったいなんの三文芝居だ。確かに男同士のレイプシーンなど、一度見たら生涯忘れられない不愉快な記憶になるだろうが……。

「まず、男性の身体の秘密を、お教えしましょう。たぶんみなさん、詳しくはご存じないでしょうからね」

少し身を開き、観客たちに様子が見えるような状態で山岸は手を伸ばし、唐突に冬樹のペニスを握り締めた。

覚悟はしていたので、悲鳴は呑み込んだ。

「ほら、見てください。まだなんの反応も起こしていない。それどころか、縮こまってしまってますよね？　普段の立花さんの状態を知らないので、詳しいことは言えませんけど。これは、緊張や、怯えの状態ですね？」

下から、ぺちぺちとペニスをはたき上げる。おもしろがっている感じだ。

「可愛いペニスですね。色も薄くて、…たぶん、そうじゃないかと思ってたんですよ。立花さん、色白ですからね。でも、本当に薄いですよね？　経験が少ないんですか？」

冬樹は唇を噛み締め、耐えた。なにをされても、なにを言われても、動揺するな。うろたえるな。心を無にして乗り切るんだ。

陰毛をくしけずるように指先にからめ、何度か繰り返す。

「淡い翳りですね。全体的に体毛が薄いんですね。…まあ、僕としては剛毛でもそそられますけど」

山岸はしゃがみ込み、陰嚢にも手を出してきた。

「ああ、……タマタマも、可愛らしいですね。こっちはちょっと黒めですね。でもやっぱり使い込まれた感じはないな。赤ちゃんと変わりがないくらいの色だ」

いちいち人の身体を説明するな！　喉の奥にまでせり上がってきた怒りを、歯を噛み締めて抑え込む。

山岸と猿、豚、それから男たち全員から好奇な視線をぶつけられているようで、屈辱に全身が震える。

ふと、なにかを思いついたのか、山岸はすたすたと歩み、ショーケースのひとつを開けた。元店員だ、鍵の置き場も、開け方もわかっているのだ。

ほかのケースも開け、いくつかの商品を取り出し、ポケットに入れる。

戻ってきた時、山岸の手にあったのは、銀色に光るピアスだった。

冬樹はパニックを起こしそうだった。なぜならそのピアスは、長い棒状の飾りがついているものだったからだ。

声が裏返ってしまった。

「……そ、それでなにをするつもりだっ⁉　商品でおかしなことをするのはやめてくれ！売り物なんだ！」

「本当にお堅いんですねぇ。いいじゃないですか。この長い飾り棒を見て、いつも妄想してたんですよ。尿道口オナニーに使えそうだってね。直径、三、四ミリって感じですもんね。…これで可愛がって差し上げますよ」

「にょう、どう…」

絶句した。山岸は顔を上げ、にやりと意地悪く笑う。

「尿道口オナニー、したことあるんですか？」

無造作に冬樹のペニスを摑む。

「あ、あるわけが……」

「もちろん、そうだと思ってました。じゃあいつも、普通に竿を擦るだけですか？　ほかになんにもしないで？」

そんなことまで言わせようというのか。

「どうだっていいだろうっ。きみには関係ない」

「よくはないんです。あなたの性癖は、全部知りたいんですから」

「きみに教えなければいけない義理はない！」

含み笑いで、山岸は冬樹のペニス先を撫でた。

（……くっ）

繊細な手だった。手品師のように優美でなめらかな動きをする。

たくさんの女性客が、彼のファンだった。宝飾品を接客用のスエードトレイの上に載せ、お客様に勧める。恭しくお客様の手を取り、指輪を嵌めて差し上げる。女性客はいつもうっとりと見入っていた。だが、輝く宝石を持ち、美しい動きをしていた彼の手は今、冬樹のペニスなどを弄んでいるのだ。

カリ首の下の、もっとも感じるあたりや裏筋を、羽毛で撫でるような柔らかく絶妙なタッチで撫でていく。

手の柔らかさと温もり、たくみな手技に、不覚にも反応してしまいそうだった。

（それだけはこらえろ！　恥を晒すんじゃない！）

自分に言い聞かせ、下腹部に力を込める。これは愛撫なんてものじゃない。人を侮辱する行為なんだ。現実をしっかり認識しろ！

山岸はおもむろに、冬樹のペニスに顔を近づけた。舌を出し、わざとらしく唾液を垂らす。とろりと、熱い、濡れた感触が、亀頭に落ちる。

その先を察し、反射的に止めた。

「やめろっ。舐めないでくれ！　それは嫌だ！」

彼の手で摑まれているだけで、じわじわと熱感が湧き起こっている。自分で擦っても、いつもたいした快感は起きなかったのに。

そらとぼけて、山岸は尋ねる。

「おや？　なにを狼狽してるんですか。ただのフェラチオですよ？　まさか、フェラされたことないんですか？」

もちろん、ない。麗子はそんなことはしてくれなかったし、冬樹もしてもらいたくもなかった。

しかし、これ以上、性に疎いことを暴露されたくなかった。

「まあ、いいですけどね」

先端を湿らせておいて、山岸は指先でくるくると鈴口を撫でた。

「あっ」

軽く力を込めて鈴口を歪ませ、開かせると、薄気味悪い猫撫で声で告げる。

「じゃあ――すぐにいい気持ちにさせてあげますからね？　怖がらないで？」

冷たい金属が先端に触れた。

とっさに歯を食い縛る。

「……くっ……う」

衝撃は一瞬だった。鈴口を掻き分け、金属が進んでいる。見なければいいのに、恐怖に怯えた瞳は、閉じることすらできない。

山岸は少し進め、戻し、捩じるようにしてさらに深く挿入していく。

（……うっ、んっ……くっ）

ぎゅっと瞼を閉じていた。未知の感覚が、ぞわぞわと背筋を這い上がってくる。

むず痒いような、…いったいなんと表現すればいいのだ、この感じは……？

痛みではない。似ているが、違う。

恐る恐る視線を戻す。十センチほどの長さの飾り棒は、すでに半分くらい尿道に挿入されていた。

冬樹は驚愕した。

(信じられない。こんなものが……)

まさか自分の尿道に棒状のものを入れられるなんて。

「最初ですからね。ゆっくりゆっくり抜き差ししてあげますよ」

ずぬっずぬっと、言葉どおりゆっくり抜き差しされる飾り棒。

不快ではない。それが恐ろしい。今まで味わったことのない感覚、…まるで、射精する間際のような、放尿する直前のような、もどかしく、せつなく、どうしようもない心地よさが精路から湧き起こってくる。

心臓が跳ねるように鼓動を増している。加速する心音を抑えようと、浅い呼吸を繰り返しても、さらに勢いが早くなる。

全身の血が、一か所に集まっていく。山岸に嬲られている、ペニスに。

「ああ、勃起してきましたね」

嘘だ！　そんなはずはない！

これは、違う。ただ刺激に反応しているだけだ。けっして感じているわけではない。それか、山岸の手技が巧みなのだ。ゲイだというのだから、同性の感じるツボを熟知しているに違いない。

その時になって気づいた。店内にはまだ有線放送が流れていた。開店時には、さりげなくかかっている上品なクラシック音楽が、遠い海鳴りのように聞こえる。

冬樹は我知らずもじもじと腰を捩じっていた。

無意識に身体が強い刺激を求めているのだ。もっと抜き差しをしてくれればいいのに、山岸は精路をくすぐる程度の緩やかな動きしか与えてくれない。

耐えがたい欲求が突き上がってきた。

(イキたい……射精したい……っ!)

強く何回か擦り上げ、一気に抜いてくれたら、それで達することができる。

屈辱的な嬲りを受けているというのに、冬樹はかつてないほど昂っていた。

自分でも困惑と狼狽でわけがわからない。

(私はどうしてこんなに感じているんだ……?)

どうして尿道口なんかが感じるんだ……?

冬樹のさまを見て、山岸は満足そうに片頬で笑った。

「もう言い逃れはできませんよ? こんなに大きくさせていてはね? 僕の手の中で、びくびく暴れてますよ。可愛いなぁ」

——人に怒りを感じてはいけない。大きな心で許しなさい。

なぜこんな時にまで父母の戒めが聞こえるのだろう。

(怒りじゃあ、ないんです。ただ、苦しいだけなんです)

大きな心で許すといっても、…頭が混乱して、なにも考えられないのだ。

ただ、イキたい。達したいという欲求しかない。

もういいだろう。笑いものにするなら、十分笑っただろう。射精させてくれ。

あと少しで口に出して言ってしまうところだった。

そこで、ふいに山岸の手が離れた。ポケットを探っている。

(え？)

取り出したのは紐状のものだった。ペンダントトップに貴石を嵌め込んだ、革のネックレスだ。

なにをするのかと見ているうちに――山岸は、勃起しきって血管すら浮かび上がらせているペニスの根元に、それを巻きつけ始めたのだ！

直後、あまりの衝撃にのけぞった。

「……いっ」

山岸は、革紐を引き絞っていた。

「ああ、こういう遊びも、初めてなんですね？　ほんとに、なんにも楽しんでこなかったんですね。可哀相に」

遊び？　遊びだと？

射精寸前のペニスを縛り上げたら、凄まじい苦痛に襲われることくらい、男ならわかっているはずだろう！　もう少しだったんだ。勘弁してくれ！

ペニスに巻かれた紐をどうにかしようと、じたばたと暴れた。足は引こうにもガムテープで椅子と固定されている。それでも無理やり引くと、徐々に椅子が近寄ってきた。むろん足首にガムテープが食い込み、引き攣れたが、かまってはいられない。

しかし、そこまでだった。手も足も、拘束はまったく緩まない。

冬樹は哀れな声を絞り出していた。

「………や、まぎし、君……」

もうやめてくれ。イカせてくれ！

すがる思いで見つめても、山岸は淫靡な笑みを張りつかせているだけだ。

「まだまだ音を上げるのは早いですよ」

片手で肉茎を弄びながら、陰嚢もモミモミと揉みしだき始めた。射精寸前まで行っている身体には、想像を絶するほどきつい刺激だ。

「山岸、君！　もういいだろう！　苦しいんだ。紐をほどいてくれっ」

「これくらいこらえましょうよ？　ね？　そのほうがラスト、気持ちいいですから」

片手でペニスを弄びつつ、もう一方の手をするりっと尻の下に忍び込ませてくる。

「あっ」

思わず声を出してしまい、あわてて口を噤む。

まずい。暴れたことが災いして、尻がテーブルから浮き上がりかけていたのだ。

反射的に腰を引こうとしたが、ペニスを握られているので動けない。山岸の指は、小蛇のように素早く肛門まで達し、ちょんちょんと指先でつついてくる。

「ここ、弄られたこと、あります？」

「あるわけがっ……」

「でしょうね。…わかるんですよ、我々にはね。そのケがある奴とない奴が。立花さんは、品行方正で、エリートコースを進んできて、絵に描いたようなまっとうな人生を歩んできたでしょう？　男なんかに興味を持ったこともない」

「エリートコースなんか、…私だって、挫折は味わってきたし…」

押さえ込まれるように言い切られた。

「でも、男は知らない。そうですよね？」

知らないと答えても、知っていると答えても、こいつらは自分を笑い者にするはずだ。

だから唇を嚙み締め、視線をそらすしかなかった。

男同士がどういうふうに性行為を行うのか、知識としてはあっても正直信じられない思いのほうが強かった。

肛門に男性器を入れられるなどと……一般的な男なら、おぞけを震うような話だろう。

しかしまだ望みはあった。

肛門括約筋の締めつけというのは、ひじょうにきついらしい。だからすぐには挿入できないのだと。ならばまだ逃げ道はある。自分を犯そうとしても、肛門に強く力を入れていれば、拒めるはずだ。

そこまで考えた矢先だった。

ことん、とテーブルの上、冬樹の座っている左横に、なにかが置かれた。

反射的に視線を落として、ぎょっとした。

山岸は嬉々として説明する。

「ローションですよ。アナルセックス専用のね。たぶんご存じないと思うので」

「そんなものまで持ってきていたのか……」

「ええ。褒めてくださいよ。『一歩先を見越して準備をしなさい』って、あなたいつも言ってたでしょう？　僕もしっかり先を見越すことを覚えましたよ？」

冷や汗が滲んできた。そんなものを使われたら、……本当に犯されてしまう。

覚悟は決めたはずだった。それでも、恐ろしい。

「…………きみは……どうして、こんなことを……」

今さらながら恨み言めいたことを口走ってしまった。

「どうして?」

「私は、正直、きみにここまでの仕打ちを受ける意味がわからない」

「濡れ衣を着せられたのだから、自分を恨まず、犯人の岡部さんを恨めばいい。岡部さんを狙えばいいのに、ってことですか?」

「そういうわけじゃ…」

「恨みじゃあないんです。まったく違いますよ」

会話をしているとわずかでも意識をそらせる。うまくすれば勃起を収められるかもしれないし、レイプする気を失くさせられるかもしれない。冬樹は必死に話を続けた。

「岡部ではなく、私が好みだった。それは、ある意味光栄だと思う。だが、ある意味、だ。私は今、この店の中での最高責任者だが、…きみも知っているとおり、たったひとつの支店の、雇われの店長だ。ジュエリー・ノーブルにおいては、たいした立場じゃない。本社には社長も専務もいる。格上の人間なら、それこそ銀座本店や他店にも、たくさんいる。……わからないんだ。襲うのなら、どうして、ここで、今、なんだ? どうして私なんだ? …それだけじゃあない。きみと私はけっこう親しくしていた。レイプする気ならいつでもできたじゃないか」

山岸は奇妙な表情を浮かべた。

しばらく黙ったあと、

「……じゃあ、お話し、しましょうか」

なにを言い出すのかと思ったら、

「僕は、立花先生の教え子だったんですよ」

予想外の言葉に面食らった。

「私の？　きみは、確かに同郷だが、…そうだったのか？　父と母、どちらのだ？」

投げ捨てるような答えが返ってきた。

「どちらも、ですよ」

「そうか。だが、それが…」

尋ねる前に言い返された。

「なんの関係が、ですか？　もちろんあるに決まっているでしょう？」

そこで猿が、ぶつくさ呟いた。

「ああっ、ったく、こんなもんかぶってたらよく見えねぇじゃん。山岸の正体バレちまってんだから、オレも取っちまうぜ？」

秋とはいえ、ゴムマスクの中は湿気がきつかったのだろう。汗で顔に張りついていたのか、べりべりと音をたてて外し、ふうっと息をつく。

見たことのない顔だった。

ジュエリー・ノーブルの客ではない。

むろん犯罪者などはそうそう宝石店には来られないだろうが、…どこかで自分と接点があったのか？　それとも、山岸とゲイバーで知り合っただけの仲なのだろうか？

「ほいほい。お待たせ。これでかぶりつき席を堪能できる。さ、続けな」

猿はぎらぎらと光る好色そうな目つきをしていた。下卑た口調の似合う、いかにも犯罪者ふうの顔だった。

「わかりました。じゃあ、ショーを続けましょうね」

ハッとした。猿などに気を取られているうちに、山岸は床に膝をついていた。

冬樹の肛門近くに鼻を寄せ、くんくんと匂いを嗅いでいるようだ。

さすがにゾッとした。羞恥を煽るつもりだろうが、排泄口部分の匂いなど嗅がれるのは、本当に耐えられない。

「……や、やめろっ。……馬鹿なまねは…」

「馬鹿なまね？　あなたの大事なところを舐めるのが、どうして馬鹿なまねなんです？」

山岸はためらいもなく舌を出した。

濡れた熱い感触があった。

舐められている！　そう気づいて、冬樹は暴れた。やはり拘束されている足首は外れなかったが、必死で膝を閉じ合わせようとした。

鳥肌を立てずにはいられなかった。羞恥の極みの箇所を、美しい男が舐めている。唾液をまぶし、ほぐすように、舌先でつついている！

強烈な恥ずかしさで我を忘れ、冬樹は口走っていた。

「頼む！　舐めないでくれ！　きみにそんなことをされたくないっ。それだったら、ローションのほうがまだましだ！」

言ったあと、悟った。

この狡猾(こうかつ)な男は、こうやって少しずつ冬樹を追い詰めていく気なのだ。

「そうですか？　僕としては、ずっと舐めていたい気分なんですけど。あなたがそう言うなら、許してあげましょう」

立ち上がった山岸は、ローションを手に取っていた。

ニヤつきながら、わざとらしくゆっくり蓋を回し、傾ける。とろりとした淫猥なピンクの液体が、山岸の掌(てのひら)に垂れる。

濡れた手が股間に向かってくる。とっさに冬樹はぎゅっと瞼を閉じていた。

気持ちの悪い液体を肛孔周辺に塗りたくられる感触。唾液よりもぬめりが強いぶん、不快感が強かった。

山岸はいったん身をどかし、人質たちにそれを見せつける。

「立花さんはお初だそうですから、すぐには挿入できません。そういう場合、こうして、ぬめりのあるローションや、オイルを塗るといいんです。舐めるという手もありますが、今ご覧のようにとても恥ずかしがったので。…ちなみに、対女性用のローションと、アナル専用のローションは成分が違います。アナル用は、長く乾燥せず、滑りもいいんです。だから専用を使いましょうね」

ふざけたことを。ここにいる人たちは、全員普通の趣味の男だ。男相手の性行為など、生涯しないはずだ。そんな知識を教えられても、なんの役にも立たない。

山岸は指先で、襞のひとつひとつを緩めるように、ぬるぬるしたローションを塗り広げていく。

冬樹は渾身の力をこめて、肛門に力を入れた。内部になどけっして侵入させないぞ、という固い意志を持って。

なのに、ふいにふとももをつねられたのだ！

「あうっ」

一瞬力が抜けた。その隙を突いて、関門を突破されてしまった。

ぬるりっと指先が入ってくる！

初めての感覚に、のけぞった。せっかく勃起が収まりかけていたペニスも、再び勢いを増してしまった。

（なんだ？　なんなんだ、この感覚はっ？）

こじ開けられる。普段は固く閉じている羞恥の箇所が、力ずくの他人の手で、開けられてしまう。

おぞましさに全身がぶるぶると震えだした。尻でいざって背後に逃げようとした。だが、どんっ、となにかが背にあたった。

「おおっと！　ダメダメ！　逃げちゃダメだよ、支店長さん」

猿だ。いつの間にか背後にまわっていたのだ。うしろに行けないように押さえつけている。あまつさえ、もっと前に押し出そうとさえする。

そうしているあいだにも、山岸の指はどんどん侵入してくる。

「……あ……あ……あっ……」

冬樹はおののき、小さく声を上げていた。

汚い。穢らわしい。そこは排泄器官だ。どうして他人のそんな場所を、素手で弄れるんだ！　自分で触れるのも汚いというのに！

異物感が凄まじいのに、ぬめりをまとった指はさらに奥地へと入ってくる。肛門括約筋を締めても、もう遅い。かえって指を食い縛る結果になってしまう。

ふと思いついたように山岸が告げた。

「ああ。言い忘れましたけど。これ、弛緩(しかん)成分も混ぜてますから」

「えっ？」

「初めての方に無茶なことはしませんよ。苦しまないように、快感だけを与えてあげます。

僕にとってあなたは、大切な大切な方ですからね」

ぞわっ、と全身に奇妙な感覚が走った。

山岸の指が、直腸壁のどこかをさわった。

「それで——これが、前立腺というものです。さわってると、くりっとしたでっぱりがあるんですけどね」

あああああっ！

悲鳴にもならず、冬樹は口を開け、衝撃に耐えた。

（いやだ！　さわるなっ。…そこは駄目だ、……やめてくれ……っ！）

聞いたことはある。前立腺を内部から擦られると快感があると。だが、これほどまで凄まじいとは思わなかった。全身が一気に火でくるまれたようだ。

背後から覗き込んでいた猿が愉快そうなはしゃぎ声を上げる。

「おーおー。前立腺刺激、気に入ってくれちゃったみてえ。すげえいい反応！　悶えちゃってんじゃん！」

「そうだね。もう一本増やしてみようか？」

うっ、あっ！

よく悲鳴を上げずにこらえたと思う。たぶん挿入する指を二本に増やしたのだ。押し拡げられる感覚と、内部を蹂躙する感覚が倍増した。

背後に逃れようにも、猿はがっちりとした手で背を押している。前の山岸の手も、奥へ、奥へと進んでくる。

（……痛いっ……！）

見ると、ペニスが膨れ上がっていた。根元を縛られ、尿道口に棒を差し込まれていなければ、思うさま精を噴出していただろう。

それにしても、なんという快感だろう。目の前がチカチカする。今までのＳＥＸやオナニーなど、子供騙しだった。それぐらい凄まじい。

自分の体内にこれほどの悦楽ポイントがあるとは知らなかった。尿道も、そうだ。今まで、そしてたぶんこんなことがなければ、生涯知らなかった場所だ。

山岸は楽しそうに冬樹を嬲る。

「ほら、お尻の中が、柔らかくとろけてきましたよ？　それなのに、締めつけてくる。……指が食い千切られそうだな」

くちゅくちゅと卑猥な音が店内に響き渡る。

指は内部でさまざまな動きをしている。壁を引っ掻いたかと思うと、ずぼずぼと抜き差しして、またしても前立腺を擦る。片手で肛孔（こうこう）内を蹂躙しながら、もう片方の手は、尿道に差し込んだピアス棒を弄るのだ。

つらい。どうしようもなく、苦しい。

（頑張るんだ！　意識を飛ばせ！　こらえろ！）

どれほど自分を叱咤しても、生理的反応が、理性の堤防を打ち破ってしまいそうだった。痺れるような快感を振り払おうと、瞼をぎゅっと閉じ、頭を振っても、込み上げる熱感は消えてくれない。

（……ああ……身体が熱い……燃えて、しまいそう、だ……）

いったい山岸はなにが目的なんだ。どうして私をいじめるんだ。好意を持っているというなら、なぜこんなひどいことをするっ？

ついに冬樹は、屈辱の言葉を吐いてしまった。

「…………頼む……イカせてくれ。もう、きつい。我慢できない……」

「おねだりですか」

なんとでも言え、と自棄になった。

「そ、そうだ。…おねだり、という言い方でもいい。……頼むから……」

そこで、猿が頓狂な声を上げた。

「おおっと！　忘れてた！　画像撮ってねえじゃん！　こんないいシーンをさァ！」

豚に話を振る。

「おめえ、なんで言わねえんだよっ」

豚はむこうから、わたわたと答える。

「だ、だって、見惚(みと)れちゃったんだよ。その人、すごく色っぽい顔するんだもん。ボク、興奮しちゃって」

色っぽい顔？　屈辱と苦痛に悶えている姿が、あいつにはそう見えるのか？

「西っち、もうそいつらほっといていいから、こっち来て、画像撮れよ」

「うん」

スマホを取り出しながら、もそもそと歩んでくる。その股間に視線が飛んだ。

豚は本当に、見てわかるほど股間を膨らませていた。デニムパンツを押し上げる大きな膨らみが凶悪だった。

だが、どうでもいい。早く出させてくれ。熱がペニスの内部でぐるぐる巡って、爆発しそうなんだ！　早く出さないと気が狂いそうだ！

豚がスマホを構えたのを見届けてから——山岸はようやく許してくれた。

「まあ、可哀相だから一回出させてあげましょうか。初めての人にはきつかったかもしれませんね。すみません」

ひぃぃぃぃっ————。

かろうじて悲鳴を放たずにすんだ。

棒が尿道口から抜かれる。ペニスを締め上げていた紐がほどかれる。

（うあぁっ……あぁっ…あぁあぁっ……っ！）

だが前立腺を弄る指はそのままだ。

「さあ、イッてかまいませんよ。よく頑張りましたね」

解放されたとたん！

こらえにこらえた精液が噴水のように高く噴き上がった。

それは、顔を近づけていた山岸にまであたった。美しく整った顔に、濃い白濁が白い沁みを作る。

ストップモーションのようだった。

唇の端にかかった白濁を、山岸はぺろりと舌を出し、舐めた。

ひどく満足そうな笑みを浮かべながら……。

悪夢としか思えないような状況だったが、冬樹は放出の快感で、瞬時意識を途切れさせていた。

5

虚脱感が凄まじかった。

指は抜かれたが、まだじんじんと内部が痺れている。

同性の手で、人々の眼前なのにイカされてしまった。

羞恥などという簡単な言葉ではない。自尊心の一部が欠け落ちてしまったかのような、言葉では言い表せない屈辱だった。

「いかがです？　気持ちよかったでしょう？」

尋ねる山岸の声が、耳鳴りのように聞こえる。

（いったいこいつはどういうつもりでそんな質問をしているんだ……？）

せめてもの意地で、言い返した。

「……気持ちよかったと言えばいいのか？　それとも悪かったと？　どっちにしても、男の生理的現象で、私は射精させられた。それだけは真実だ」

ふふふ、と含み笑いで美しい男は微笑む。

「本当に頑固ですね。素直に、気持ちよかった、ありがとう、とでも言えば、まだ可愛げがあるのに」

「中年男に可愛げなど求めるほうがおかしい」

「言い方を間違えました。もっと可愛らしいのに、でした」

「言い直さなくていい。それよりも顔を拭いてくれ。きみの顔を汚してすまなかった。不愉快だろうが、勘弁してくれ。不可抗力だった」

は！　とひと声、山岸は笑い声をたてた。

「不愉快？　不愉快なものですか！　一生このままでいたいほど、幸せな気分ですよ！　あなたに顔射していただけるとはね！」

言葉どおり、手の甲で顔を拭い、ぺろぺろと舌先で舐め取る。

思わず眉を顰めていた。気持ちの悪いことを。ほかの男の精液を舐め取るなど、正気の沙汰とは思えない。

舐め終わったあと――山岸は、しばらく冬樹の顔を眺めていた。

あまりに長いあいだしげしげと見つめるものだから、

「……私の顔に、なにかついているのか」

不機嫌に尋ねると、首を振る。

「いいえ。……でも、…そうですね。感動で胸がいっぱいなんです。ただ、それだけですよ。気持ち悪かったら、すみません」

「謝るくらいならしないでくれ」

「そうですね。…じゃあ、謝りません。ずっと見つめていたいんです」

記憶の中に、似たような場面があった。

仕事をしている際、ふと気づくと、こちらを見ている彼と目が合った。

照れ臭そうに笑んで見せるので、偶然視線が合ったのだと思っていた。が、幾度もそういうことはあった。

肌がちりちりする。美麗な男の無言は罪深い。

「……きみ、…そういう目で、あまり人を見ないほうがいい。私は男だからまだいいが、女性を見つめたら、相手は誤解するぞ？」

「あなたは、誤解してくださらないんですか」

「するわけがないだろう。私はきみに好意をいだいてもらえるような人間じゃない」

初めて、山岸の顔に憤りのような色が浮かんだ。

「卑屈ですね」

「ああ、…そうかもしれないが、…謙虚と言ってくれないかな。もしくは、おのれを知っている、かな」

「僕に言わせると、あなたのいだいている自己像はかなり歪んでいますけどね」

「それはきみのほうだろう。私は正直、きみほど魅力的な青年は見たことがないよ。男でも女でも、きみに夢中になるだろう。こんなおじさんに関わる必要はないんじゃないか？」

吐き捨てるように山岸は言った。

「僕が欲しいのは、あなたの心だけですよ。ほかの人間なんかいらない。世界中の人間に疎まれてもいい。あなたにだけ愛してもらえれば、それでいいんです」

胸の奥が、しくりと疼く。

よくない兆候だ。この男の甘言に騙されてはいけない。

山岸幸路という男は、本当に、たいそう魅力的なのだ。容姿端麗なだけではない。立ち居振る舞いには品があり、心地よい声質で、おだやかに話す。すれ違うだけで、得も言われぬ芳香が鼻腔をくすぐる。フェロモンというなら、かなり強烈なフェロモンが出ているのだろう。自分も、女なら間違いなく惚れていた。

（まさか同性愛者だとは、夢にも思わなかったがな）

だが、彼の魅力にはいささかの翳りも与えていない。ゲイであることで、かえって妖艶な色気を醸し出しているようにさえ見える。

じつによくない兆候だ。こんな男の言葉で、気持ちを揺るがせてはいけない。おのれをわきまえて、自制しろ。自分は四十五歳の男だ。たいした顔ではないし、子持ちだし、おもしろみもない。長年の親友にまで裏切られるような、ちっぽけな、情けない人間だ。

心を殻の中に固く固く閉じ込めて、やりすごそう。

そういう思いを、山岸も感じ取ったのだろう。冷たい視線で、次の指示を出してきた。

「じゃあ次は――そうですね、あなたを気持ちよくさせてあげたんですから、今度は僕のを舐めてくださいよ」

じろりと見返してしまった。そうきたかという気分だった。

「こんな体勢で、どうやって？　やれというならやるが、まずは縛めをほどいてくれ」

「いいえ。そんな必要はありませんよ。あなたの口元まで、ペニスを持っていけばいいだけですから。――三浦さん、ちょっと手伝ってくださいよ」

冬樹は、びくっとした。

(今、三浦と呼びかけたな？　猿に向かって)

きちんと覚えておこう。どこへ逃げても捕まえられるように。

西なにがしと、三浦、だ。

情報は多ければ多いほどいい。ゲイバーで知り合った仲間。年齢は、西なにがしという豚が、たぶん三十前後、三浦という猿は三十代半ばといった感じだ。

(必ず罰を与えてやる。ぜったい許さないからな)

強い意志を持って、冬樹は犯人たちの動きを見守った。

「ほいよ。なにを手伝えって？」

猿は名前を呼ばれても、とくに動揺はしていなかった。もしかしたら本当に、捕まることなど恐れていないのかもしれない。

「ええっと、椅子の上に立てば、ちょうどフェラしやすい位置になると思うんですけど。安定感がないから、肩貸してくださいよ」

「へえ。大丈夫なの？　フェラなんかさせて」

「大丈夫でしょ？　立花さん、僕のペニスを噛み切るような覇気のある人じゃないですし、もう恥ずかしい画像も撮られてるんですから、素直に従いますよ」

冬樹は自嘲で唇を歪めた。

（そうか。私はそういう人間に見られていたんだな）

じっさい、人のペニスを噛み切ることなど死んでもできないだろうが、はっきり指摘されるとなかなか傷つくものだ。

山岸は、足を固定された二脚の椅子のあいだに、もう一脚椅子を割り込ませて置いた。その上に立つと、確かに股間が冬樹の眼前に来る。

つい揶揄してしまった。

「まったくな。どうして、馬鹿げた遊びのようなことばかり思いつくんだ。…ゲイバーのショーのつもりか？　演じるのが私では、コミックショーだろうがな」

「まだそんな憎まれ口を叩いている余裕があるんですね」

おもむろに、山岸は自身のパンツのファスナーを下ろす。摑み出したものは、その貴公子然とした容姿にはふさわしくない、猛々しいペニスだった。

すでにガチガチに勃起している。光沢を放ち、幾筋も血管を浮かび上がらせている姿がおぞましい。

どくん、と心臓がひとつ脈を打った。

（これを舐めろというのか……。こんないきりたったものを……）

背後に立たせた猿によりかかるようにして、山岸は腰を突き出した。

「さあ、始めてください。ちゃんと、愛情を込めて、フェラチオしてくださいね」

むろん、たじろいだ。冬樹は男の屹立など舐めたことはない。それどころか、間近で見たことすらなかった。

しみじみ思う。

（大きい、な）

山岸のペニスが長大なのか、それともこれが一般的なサイズなのか。

自分のものは毎日見ているが、視点が違う。上から見下ろしているからだ。さらに、めったに勃起などしない。ＡＶ等も観たことがないため、他者のサイズもわからない。

だが、いずれにしても、やらなければいけないということだ。

血管を浮き上がらせている凶器のようなものに、おずおずと舌を伸ばしてみる。舌先にかすかな塩味が感じられた。…いや、それとも甘味か？先走りの味など知らないから、よくわからない。

感触は……先端のところは、ゆで卵のようだった。よく言うキノコに例えるなら、本当に大振りの松茸くらい。ただし、弾力があって、熱い。

不快感はほとんどなかった。たぶん極限状態だからだろう。

勇気を出して、ぱくりと咥え込む。山岸の勃起は、歓喜に震えるように、ぶるんっと、膨張した。

大きさに顎が軋む。こんなに巨大なものを口に入れたことなどない。

また心のどこかで、なにかが欠けていくような気がした。

山岸が低く呻きながら、言った。

「歯は立てないでくださいね。唇だけで擦るんです。顔を前後させて。まだ喉は使えないでしょうからね」

頭を摑まれた。言葉のとおり、前後に動かそうとする。冬樹はおとなしく従った。射精させればいいだけだ。これだけ張り詰めていれば、それほど時間はかからないだろう。

「ああ、やっぱり根元までは咥え込めませんね。手が動けば、指で輪を作って根元あたりを刺激してもらうんですが。……じゃあ、舌を出して」

言われるまま、舌を出す。山岸は舌のざらざらを味わうように、みずからの手で勃起を持ち、先端を擦りつけてくる。

「唇をすぼめて? 舌も回してください。それから、吸うんです。ちゅうっと、ストローで吸うような感じです。……ああ、うまいですね。本当に初めてですか?」

そんなはずはない。なかなかリズミカルに顔を前後できない。舌も回せないし、吸えない。しかし、山岸はそんな拙い動きでも満足しているようだった。

上目遣いで山岸の顔を見てみる。

恍惚としたような表情で、目を閉じている。

(……本当に気持ちいいのか……?)

山岸は、男にも女にもモテるだろう。誰でも選び放題のはずなのに、どうして自分などにこんな馬鹿なまねをさせるんだ。

ほどなく山岸は、ため息のような声で告げた。

「ああ……あなたの口の中があまりに気持ちいいので、…そろそろイキそうです。全部飲んでくださいね?」

とたん、口中のペニスが暴れだした。大きさも、さらにひと回り大きくなった。

どくんっ、どくんっ、と押し出されてきた熱湯のような迸りが、喉の奥にしぶく。

あまりの熱さと量に、ごぷっと吐き出しそうになるが、命令されているので、懸命に飲

み込む。

奇妙な味だ。苦いのだか甘いのだか塩辛いのだか、まったくわからない。粘度をともなった体液が、喉、食道を伝わり、胃の腑まで落ちていく。

身の内から穢されていくようだった。

山岸の精液が、自分の体内をじわじわと侵食していく。そんなおぞましい幻影まで見えそうだった。

射精して満足したのか、山岸は椅子から下り、どかした。

冬樹の前に立ち、またしばらくじっと見つめる。

他人の精液を飲まされた不快感を必死に抑え込み、腹立ちまぎれに憎まれ口を叩く。

「なんだ？　下手だった、なんていう文句なら聞かないぞ」

「いいえ。反対です。素晴らしかった。夢のようでした」

つと手を伸ばし、冬樹の唇を指先でなぞる。

「僕のペニスが、初めてこの唇に触れたんですよね？　初めて、あなたの口を、犯した」

「あたりまえだろう。こんなことは、ほかの誰にもしたことはない」

「……幸せです」

いとおしげな撫で方で、山岸は冬樹の頬、顎のラインを撫で、目を細める。

その、あまりに陶然とした表情と物言いで、抑えが利かなくなった。もう感情のコントロールなどできなかった。

「きみは、狂ってるのかっ⁉　人を弄んで、…いったいなにが目的だっ？　いいかげんにしてくれ！　私がいったいきみになにをしたっ？　どうしてこんな目に遭わなきゃいけないんだ！」

今まで冬樹は、人に対して声を荒らげたこともない。怒りも不満も抑え込み、常に冷静に、人格者のふりを貫いてきた。

それでも、もう無理だ。駄目な人間だというなら、そう思ってくれ。これ以上の辱めは耐えられない。

それなのに、……山岸は、満足そうに笑むのだ。

「やっと、……一枚、殻が剝がれましたね」

「……え？」

「嬉しいです。あなたから罵りの言葉を引き出せたことが」

「いったいなにを…」

「さっきの話の続きをしましょうか？」

「え？」

「あなたのお父さんとお母さんは、とても厳しい先生でした」

突然、なんなんだ？　なぜ急に両親の話なんだ？

山岸の真意をはかりかね、冬樹は唖然と見つめた。

「人のあるべき道を説き、間違ったことを認めない。逆らった生徒には、…本人がとても苦しむように仕向けました。生徒間同士で密告させるんです。または、連帯責任という名目で、クラス全員、班全員を締め上げました。無視したり、嫌がらせをしました。体罰に出ることもありました。それでも、……誰も親には言えませんでした。告げ口をしたことが発覚すれば、さらにひどい仕打ちが待っているとわかっていたからです」

心臓が、どくん、と嫌な鳴り方をした。

「……それは……確かに、うちの親はそういうところがあったかもしれないが、けっして……」

「ええ。虐待ではないんです。いじめでもない。先生方は、使命感に駆られて、とおっしゃっていました。道を説くのが教育者の務めなのだと。けっして憎くてやっているのではない。それどころか自分たちは、自分の命よりも生徒たちのことを愛していると」

「ああ、…そういう言い方をする人たちだった。少し芝居がかったところがあるかもしれないな」

心臓の嫌な鳴り方は、さらにひどくなっていた。

（あの人たちは、学校でもそんな教え方をしていたのか……）

冬樹の母親は小学校の教師で、父親は中学校の教師だ。

計算すると、潤が生まれたあたりで山岸幸路は七歳。小学校入学のはずだ。

「地域の活動にも熱心に取り組んでいました。部活動の顧問なども、かけ持ちで頑張っていらっしゃった」

「そうだな。家でも、生徒一人一人に手紙を書いたりしていたな。今は二人とも定年しているが、教育現場には関わり続けているらしい」

「よく似たご夫婦ですよね」

嫌な気分を振り払いたくて、尋ねた。

「いったい、…なにを言いたいんだ、きみは……？」

山岸は天を仰ぎ、虚空を見つめるようにして答えた。

「小学校と、中学。その九年間だけで………僕は、檻に囚われました。道徳という、見えない檻に」

自分が全裸で縛りつけられていることも忘れ、冬樹は山岸に言い訳をしたくなった。

「うちの親が、きみを、…その、道徳の檻とやらに押し込めたというのか？　恨んでいると？　……だが、教師ならみな言うことだろう？　子供にとっては煩いことばかりだが、…親は、私たちを慮って、あれこれ教えてくれてたんだ。それに、きみは、生徒の、ただの一人だろう？　…じゃあ、私はどうなんだ？　二人の子供で、…確かに、口煩いなと思うこともなかったわけじゃないが、それでも親の教えで、満たされた人生を送っているぞ？　すまないが、私の親のことを悪く言わないでくれ。もうきみだって、卒業して何年も経っている。彼らの影響など薄れてきているはずだ」

息詰まるような緊迫感があった。

ここまで下劣な行為に甘んじてきたが、…なにか、神経をヤスリで擦られているような、ひりひりとした痛感がある。

「親の問題などを持ち出してきて、……頼む、教えてくれ。だから、なんなんだ？　親のやったことの責任を、今、私に取らせているというわけか？」

山岸は、吸い込まれそうな瞳で質問を投げかけてきた。

「あなたは、これまで生きてくるあいだで、苦痛を感じたことはないんですか？」

見えない手で、心臓をぎゅっと摑まれたようだった。

手が動いたら、胸を押さえていただろう。

それができないため、肩で大きく息を吐いた。平静を装って答える。

「苦痛？　べつにないが？」

「なにも？」

「ない」

「本当に？」

そんなことが今どうして知りたいのかと思うが、あまりにしつこいので、考えてみる。

「……そうだな。しいて言えば……時折、水滴の音が聞こえるくらいだな」

山岸の顔色が変わった。

「どういうことです？」

「そんなことを聞きたいのか？」

「ええ。ぜひ」

べつに言いたくもない話だが、渋々答える。

「なんというか……ぽつん、ぽつん、と…水道水が蛇口から一滴一滴したたっているような、変な幻聴が聞こえる気がするんだ。…今、こんな状況で言うのも、おかしな話だがな」

山岸は真顔になった。あきらかに、水滴の話に食いついている。

「それは……本当なんですか」

「嘘を言ってもしょうがないだろう」

妙に真剣な物言いで、返してきた。

「わかってないんですか？　それは拷問ですよ？」

「ああ？」

気色ばんで説明してきた。

「有名な拷問じゃないですか。人の気を狂わせる、昔から各国の、軍部や諜報機関などで、スパイや反逆者に使われてきた、古典的な拷問ですよ。それをされると、身体のほうに傷をつけなくても、人は狂うんです。それほど苦痛を与えられる方法なんですよ」

ぞわぞわと嫌な気分がした。

納得できる気がする。

(そうか。拷問だったのか)

そんなことすら気づいていなかった。両親が実際にそれをやったのか、やらなかったのか。記憶にはないが、彼らは教師だ。知識は豊富なのだ。息子を言いなりにするために、その方法を使ってみなかったとは言い切れない。だが、いずれにしても自分は自覚のないまま、なにかから強い精神的苦痛を受けていたのだろう。

冬樹は心からの想(おも)いを吐いた。

「……こんな状況じゃあなくて、…きみとは普通に、もっと話をしたかったよ。残念だよ。きみは私の知らないことをたくさん知っている。年下だが、…とても、…なんと言うか、とても不思議な人だな、きみは」

答える声は小さかった。

「これから、……たくさん話をすればいいじゃないですか」

「どうなんだろうな。そんな日が、来るのか来ないのか」

一瞬、山岸の瞳に悲しげな色が走ったように見えた。だがそれも、ほんの瞬時で、すぐにさきほどまでと同様の薄笑いを浮かべていた。

「じゃあ——そろそろ本番といきましょうか」

「…………っ⁉」

普通に会話をしていたので、油断していた。

山岸は自身のペニスをしごいていた。今しがた放出したばかりだというのに、若い雄芯はすでに隆々と猛っていた。

性欲の少ない冬樹には信じられないことだった。

（……もう復活したのか）

そしてやはり、自分をレイプしようというのか……。

理解できなかった。どうして『自分』なのか。ゲイだとしても、もっとほかに相手はいるだろうに、どうして自分などにいつまでも執着しているんだ、この男は！

「……頼むから、と言っても…」

途中まで言いかけ、自分で悟る。

ここまできて、許してはくれないだろう。拒むことは絶望的だろう。

無性に悔しさが込み上げてきた。

男などと性行為を行わなければいけないとは……。

それも相手は、かつて部下だった山岸幸路だ。年下の、息子ほどの年齢の同性に、自分の身体を差し出さなければいけないのだ。

憎んではいない。憎んではいないが、…人としてのプライドというものがある。

両手両腕を拘束され、一部始終を撮影されながらの性行為だ。

しかし冬樹は決意を固めて、睨みつけた。

なにをされようと、狼狽だけはするまい。最後まで、男らしく、耐え切ってみせよう。

山岸は無慈悲な笑みを浮かべ、歩み寄ってきた。股間の凶器を見せびらかすようにして。

「さあ——入れますよ？　これからあなたの処女を奪って差し上げますからね」

「処女なんて言うな。不愉快だ」

「じゃあ、純潔、でもいいですよ？」

「どっちにしても、いい歳をした中年男の、薄汚い肛門にふさわしい言い方ではないな」

精一杯の冗談だった。おまえになど屈服しないぞ、という意思表示だ。

「いいんですよ。怖いんでしょう？」

「そんなことはない」

「中年男、中年男と、卑屈に連呼してますけど、…申し訳ありませんけど、あなた、そんなおじさんには見えないんですよ？　とても若々しくて魅力的だ。いえ、…たぶん僕は、あなたがおじいさんになっても、欲情すると思いますけどね。僕にとっては、世界で一番美しい存在なんですよ、あなたは」

　山岸は猿に視線を流す。

「きちんと撮ってくださいね？　挿入してるのがしっかり映るように」

　猿は能天気な声で答える。

「おう！　いつでもＯＫ！　ズームでばっちしよ！」

「男なしではいられない身体にしてあげますよ、冬樹さん」

　いよいよだ。

　覚悟を決めろ。

　ぎゅっと瞼を閉じる。

　そこに押しあてられる熱さにたじろいだ。

　反射的に肛門を締めていた。儚い抵抗だとはわかっている。すでに指二本の挿入は許してしまっている。弛緩剤入りのローションも塗られている。もしかしたらそれほどの痛苦もなく、入るのかもしれない。そうは思っても、恐怖心で身がすくむ。

　山岸が、ぐいっと腰を押し出した――――とたん！　鋭い痛みと、真っ二つに身体を引き裂かれるような強烈な衝撃に襲われた。

　まるで握り拳をねじ込まれているようだ！

（ひっ……いぃッ……――っ！）

駄目だ！　悲鳴を上げるな！　上げるんじゃない！

苦悶の表情など死んでも見せたくない。冬樹は懸命に痛みをこらえた。

「さすがにきついですね」

あたりまえだ！　そう思うならやめてくれっ！　そんなものは入らない、入らないんだ！

少しでも苦痛から逃れようと、肩で山岸を押し返そうとする。それでも冬樹を抱き締め、臀部を引き寄せるようにして、さらに腰を押し進めてくる。鋼鉄のように張り詰めた山岸の剛直は、どれほど拒もうとしても、じわり、じわりと侵略してくる。

襞が、少しずつ開いていく感覚。

（やめてくれっ。もうあきらめてくれ！）

だが、抵抗もそこまでだった。

もっとも太い亀頭部が括約筋をくぐり抜けると、あとは――一気だった。

「うっ、あっ、あっ」

ずるんっ、と粘膜を擦り上げ、奥地まで凶器が食い込んでくる！　まるで丸太を打ち込まれたようだった。圧倒的な破壊力と敗北感で目の前が真っ白になる。

（……ついに……男を受け入れてしまった……）

対する山岸は、歓喜に上擦ったような声で告げてくる。

「ほうら。根元まで入りましたよ？　わかりますか？」

わかる。わかるのだ。山岸のペニスの大きさ、形、熱さ、すべてが感じ取れる。

これが肛門性交というものなのか。

肛孔内が蠢（うごめ）いている。初めて受け入れた『男性器』にまといつき、しゃぶりたてるように蠕動（ぜんどう）している。

視線を落として、結合部を直接見ようとした。

猿も、生唾を飲み込んで、

「おお、やったじゃん。入ったんだろ？」

信じられない。妖しい感覚に、冬樹は愕然とした。

体内から、自分ではない人間の鼓動が感じられる。

ぞくぞくと奇妙な感覚が這い上がってきた。痒み？　疼き？　言葉にしようのない太さと熱さに圧倒される。

「よくなってきましたか？」

駄目だ。意識をそらせ！　感じるなっ！

痛いと思え。…痛いんだ。不快と苦痛の、はずなんだ。こんなもので感じるわけがない。ないんだっ！

狼狽と驚愕で、眼前がチカチカ光って見える。心臓が凄まじい勢いで早鐘を打っている。

（なんなんだ、これは……？）

自分の身体に、いったいなにが起きているんだ……？　変な薬でも使われたのか？

山岸は愉快そうに、冬樹のペニスを指先でつついた。

「ほら、僕のものに反応して、あなたのペニスも勃起してますよ」

言われて、視線を自分の股間に落とす。

（……っ！）

本当に勃起していた。さきほど射精したというのに、天を突くばかりに隆々と屹立している。これほど激しい勃起は、冬樹自身経験したことがないほどだった。若い頃でも、ここまで激しく昂ったことなどない。

「やっぱり、ね」

喘ぎを嚙み殺し、尋ねる。

「……な、なにが、……んっ、……や、っぱり、…だ……」

「平静を取り繕おうとしても、もう無駄ですよ。あなたは、男に犯されるために生まれてきたんです。嘘じゃないのは、あなた自身が今、身に沁みてわかっているでしょう？」

嘘だ。男を受け入れて、快感を得ているなんて。きっとこいつがなにかやったのだ。

いっそ舌を嚙み切りたい。それほどまでの屈辱だった。

「あなたは、性の喜びを知らなかった。人と交わる幸福から目をそむけていた。でも、それも過去の話です」

山岸は、言葉を区切って告げてくる。

「あなたを、すべてのしがらみから、解放して差し上げます。心を解き放って、気持ちよくなってください」

なんだその言い方は！　いったいなんなんだ！　きみなどに、上から目線でそんなことを言われる筋合いはない。

冬樹は必死に反論した。

「……き、…気持ち、よくなんか、……」

山岸は、腰を引いた。引かれる際の摩擦は、さらに強烈だった。冬樹はおとがいを跳ね上げ、咆哮（ほうこう）した。

「おおうっ……うっ……」

反論など続けられなかった。喘ぎ声を上げないように唇を歯で噛み、力を込めるしかない。

山岸は、余裕しゃくしゃくという体で、ふふ、と笑う。

そしてまた、ぐいっと腰を突き出す。

（うっ、あっ、ああっ）

あたっている！　張り出した亀頭のあたりが、例の前立腺とやらを擦っている。鮮烈すぎる衝撃で、それがわかるのだ。

「すっかり拡がりましたね。僕の形になじんだみたいです。じゃあ、動きますからね？」

ゆっくり、ゆっくり、山岸は律動を開始した。

冬樹はかぶりを振って意識をそらそうとした。が、無駄だった。理性が快感に呑み込まれそうだ。

（……大きい……熱い……熱くて、……ああ……たまらない……）

前進する際の、腸が破裂させられるかのような膨満感、引かれる際の、悲しいまでの虚脱感、一往復ごとに、身体の奥底に眠る妖しいなにかを呼び覚ますような未知なる感覚だった。

そして、往復するたびに前立腺を擦り上げるのだ。あまりの快感に、山岸の腰の動きに合わせて、「んっ、んっ」と声が漏れてしまいそうになる。

自分の中に、こんなおぞましい性癖が潜んでいるとは思わなかった。

苦痛なら、耐えてみせる覚悟はあった。しかし、ここまで壮絶な快感は、…とうてい耐えられない。

（男の生理的な快感なんだ！　しかたないんだ！）

肛門性交は、嵌まる人間は異様に嵌まるというではないか。たまたま自分は、体質に合っていただけだ。恥じることはない。たまたま、なんだ。

だがどう言い訳をしようと、冬樹のペニスは、先端からたらたらと白濁を溢れさせているのだ。

こんなことは初めてだった。一気にイケないことで、かえって射精の快感がずるずると長引いているようだ。

山岸は、深く浅くの抽挿だけではなく、『の』の字を書くように腰を回したりもする。そのたび喘ぎ声が唇まで上ってくる。

（あああっ……もう、やめろッ……壊れる……頭がおかしくなるっ……。よすぎるんだッ……気持ちよすぎる……っ）

あまりの快感と屈辱で、冬樹の精神は崩壊寸前だった。

太く逞しい男根に体内を蹂躙され、あまつさえ身も世もあらぬ体でよがり狂わされている。

声は確かに上げてはいない。だが、心中でどれほど露骨な嬌声を上げているかなど、挿入している山岸にはすべてお見通しだろう。

「すごいですね。お初でこれだけなじむなんて。僕も予想外ですよ」

言うな！　言うな！　言うなぁ――っ！

なじんでなどいない。いないんだ！　きみが異様にうまいだけなんだ。私は普通の人間なんだ。

興奮で声を上擦らせ、山岸が告げる。

「あなたの味は、最高です。こんなに素晴らしい身体を遊ばせておいたなんて、もったいなかったですね」

ああ、…褒めないでくれっ。背徳の快楽に身をゆだねてしまいたくなる。

自尊心も、誇りも、理性も、常識も、なにもかもが砕け散りそうだ。

しばらくの律動のあと、山岸が告げる。

「そろそろですよ？　覚悟してくださいね？　あなたの体内に射精しますからね？」

ああ、……くる。くるのだ。

冬樹は総身を硬直させて、その瞬間を迎えた。

「……うっ……うく……」

すごい！　奥に放たれる感覚がたまらない！　なにも聞こえない。なにも見えない。感じるのは、体内で射精している山岸のペニスだけだ。

びゅっ、びゅっ、と腸壁に叩きつけられる、熱湯のような精液。

(熱いっ……あぁッ……熱い……いいっ、……よすぎるっ……！)

この世にここまで強烈な快楽があったとは！

しかしそれを知られてはいけない。口が裂けても言えない。言ってはいけない。

身体中の細胞が、べつのものに作り変えられていくようだった。

これほどの快美を知ってしまっては、もう元の人生になど戻れない。

ふうっ、と肩で息をつき、山岸が言う。

「最高でしたよ、冬樹さん。本当に、…最高に、素敵でした」

声が、痺れるように脳に沁み込む。

……最高だったのは、私のほうだ。

唇の端まで上がった言葉を、冬樹はかろうじて噛み殺した。

6

終わったのか。

ずるりと白濁をまとったペニスが引き抜かれていく。

これでおしまいか。

永遠に続くかと思われた一体感が、過去のものとなる。

初めて味わった肛悦に、まだ全身が痺れている。

（……もっと味わっていたかった……）

脳裡をかすめたゾッとする考えを押しのけ、バラバラに散ってしまった矜持を掻き集め、

冬樹は虚勢を張って尋ねた。

「………気が済んだか」

山岸が答えるより先に、猿が答えた。

「まさか。オレたちがまだっしょ?」

戦慄した。

なのに、媚肉が、ひくりと蠢いたような気がした。

その瞬間、浮かんだ想い。

まだほかの男に犯される……。犯してもらえる……。

自身の考えに気づき、愕然としたが、…生きるか死ぬかの極限状態だ。きっとこれは、ストックホルム症候群のようなものなのだ。犯人たちに媚びなければ命が危うい。だから拒絶できないのだ。そう自己弁護する。

けっして快感に負けたわけではない。

快感は確かに凄まじかったが、…絶対に、それだけではない。

猿はギラギラした目で、豚にスマホを渡す。

「ほい。撮影係、次おまえな」

山岸を押しのけるようにして、冬樹の股間を覗き込み、不満そうに鼻を鳴らした。

「なんだよ~。中出ししちゃったの~？　一度目はゴムつける約束だったじゃん」

山岸は苦笑まじりで謝る。

「ごめんごめん。ずっと恋焦がれてた人との初ＳＥＸだったから、興奮してそんなこと忘れてたんだ。――あんたも、突っ込んでみればわかるよ。たぶん、今までヤッた誰より、すごいよ？」

「しかたねぇなァ。おめえの純愛話はさんざっぱら聞かされてっから、…ま、許すっきゃねえか」

頭が朦朧とする。上と下から注ぎ込まれた山岸の体液で、酔ってしまっているようだ。酒などより数倍強い。酒には酔わない体質だと思い込んできたが、まさか他人の精液でここまで酩酊するとは。

取り込んだ口、食道、胃、それから肛門、腸、…すべての粘膜が飢えている感じだ。激しい飢餓感が起こり始めている。

恐ろしいことに、自分にとっては麻薬のように強烈な効き目をもたらすのかもしれない。

本当に恐ろしいことだが……。

「なあ、一発やっちまったんだし、足の拘束解いてもいいか？」

「なに？　ポーズ変えたいの？」

「知ってんだろ？　オレ、正面向きより、バックのほうが好きなんだよな。犯してるって感じ、すんじゃん？」

足と椅子を貼りつけていたガムテープがべりべりと剝がされる。はずみで靴下も脱げてしまったが、もうそんなことはかまわないようだ。

「ほーら、よっこらせっと」

猿は冬樹を軽々と肩に担ぎ、ぐるりとあたりを見回した。

「おっしゃ。そこらでヤッかな。そこだったら、観客にもよく見えっしな」

島のショーケースのひとつ、さきほど割ったところではない場所——まで運ぶと、その前で下ろす。

「はいはい。次のステージはこっちね。では、観客のみなさん、左手をご覧くださ～い！」

冬樹に対しては、細かく指示を出してくる。

「じゃ、このケースに腹くっつけてな？　ケツはうしろに突き出す、と。…あ、顔は下げるんだぜ？」

本当にポーズへのこだわりがあるらしい。自分も手を貸して、ある意味懇切丁寧にポーズを作っていく。

半分酩酊状態だったので、言われるまま従った。

火照った腹、胸、顔に、ひんやりとしたガラスケースの冷たさが心地よかった。

もぞもぞと背後で気配がした。金属音は、ベルトを外す音か。

「よし！　んなもんかなっ。——西っち、しっかり撮影しろよ！」

冬樹は、ガラスケースに上半身をもたれかけ、しばし身体を休めていた。

が！　いったん力を抜いたのがまずかった！

大きな手が腰を摑んだ、次の瞬間。

ずぶっ。

「おおっとぉ！　──ほんとだ、こりゃあ、すげえや！」

猿が能天気な歓喜の声を上げる。

そのため、かろうじてみっともない声を人に聞かれずに済んだ。

（うわぁっ……あああああッ……っ！）

山岸のペニスとはまた違った太さ、長さのものが、一気に、遠慮会釈もなしに、突き込まれる。ずーんと、脳天まで衝撃が突き抜ける。

二度目なので、楽々と入ってしまった。だからよけい、腸壁を擦る快感が強い。

「いいケツま○こしてるよ、支店長さん」

下劣な物言いに、つい反論しようと、噛み締めていた唇をほどいてしまった。それが災いした。

「……あっ……はぅ……んんんっ」

駄目だ！　しゃべるな！　唇を噛み締めていないと、おかしな声が洩れてしまう。懸命に引き結ぶ。

直後、口中に血の味が広がった。唇を噛み切ってしまったのだろう。

よっせ、よっせ、と祭りの神輿（みこし）でも担いでいるような妙なかけ声をかけながら、猿はピストン運動を開始する。

ふざけているようだが、…ひどく、いい。山岸は、探り探りといった感じだったので、ここまで激しい律動ではなかった。だが猿は、本当によくからかいの話題に使う『猿』並みに、激しく腰を振る。

ぞわっ、と総毛立つほどの快美感が走る。いったん収まりかけた熱が、さきほどより強く灼熱の感覚をともなって全身を包み込む。

冬樹は惑乱状態になった。

(……もう、やめろっ……やめてくれっ……頼む、やめてくれ——ッ!)

内臓を、内部からこねくりまわされているようだ。

膝がガクガクする。ショーケースに突っ伏していなければ崩れ落ちているところだった。

「どうだ? え? 山岸よりオレのほうがいいだろ?」

首を横に振るわけにはいかない。振ってしまったら、山岸のほうがいいことになってしまう。

冬樹は精一杯の嫌味を言った。

「……ど、どっちも……最低、だ」

げらげらと、人を小馬鹿にしたように笑うと、

「そっかァ! 最低かァ! んじゃ、こんなんどう?」

腰を摑み、ずんずんと抽挿を繰り返す。

(おおうっ……おうっ……おおおおうッ……!)

猛烈な圧迫感で息もつけない。強烈すぎる感覚から逃れようとしても、前はショーケースだ。背をそらすと、猿の胸に後頭部を擦りつけるような恰好になってしまう。

「感じてんだろ？　あんた、すげえ感度いいなァ！　…とろとろなのに、きつきつで、いいぜえ！　サイコー！」

凌辱者が声高に笑う。そのたびに、不規則な振動がペニスから、内壁へと伝わる。

（笑うな！　笑わないでくれっ。…刺激がきつくなるっ）

なにをされても、いい。どうしようもなく感じる。

ポーズが違うというのは、こういうことなのか。入れているほうも違うのだろうが、入れられているほうもあたる箇所が違う。

そり返った猿のペニスの先端が、背中側の腸壁を擦る。カリの張り出しは、こういうふうに役立つのか。受け入れる側の悦楽を引き出すためだったのだ。

（……ああ……すごい……ッ……！　この角度も、いいっ……！）

手をうしろで拘束されているので、どこかにすがりつくこともできない。頬をガラスに擦りつけ、必死にこらえた。

人は射精しなくても達することができるのを、初めて知った。しかも、その山の頂から下りられないのだ。永遠とも思えるほどの絶頂感だ。

突然、動きが、止まった。

猿は、「うっ」と低く呻いただけで遂情した。

（ああっ……また、出している……ッ、…出されている——ッ……）

連続中出しの快美に、一瞬意識が飛んだ。

中でしぶいている。熱い飛沫が腸壁に打ちつけられている。

「おおー、マジでいい味だったわ～」

荒い息を吐き、猿が腰を引く。とともに、勢いを失った剛直が、ずるりと肛孔から抜け落ちる。

串刺しの楔を抜かれ、壊れた人形のように冬樹は床に崩れ落ちた。

（……二人の男に犯されてしまった……）

冬樹は打ちひしがれていた。

悪夢なら早く覚めてくれ。

犯されたことが悪夢なのではなく、それによって快感を得てしまっていることが悪夢なのだ。

どうして自分の身体は、肛門性交でここまで感じるのか。

それだけではない。今の今まで楔を打ち込まれていた箇所が、じんじんと甘い疼きを訴えている。

本当に、まるで麻薬だ。すでに中毒症状が出始めている。

「…………潤……」

息子の名前を呟く。

まだ来てくれないのか、潤。

そう思いつつも、…もう来てくれないでくれ、とも思う。

自分が今、どこにいるのかも忘れそうになる。天にいるのか地にいるのか、泥酔でもしたことがあれば、それに似た感覚なのかもしれないが、冬樹にとってはなにもかもが生まれて初めてのことだった。

すべてが朧（おぼろ）で、霧の中のようだ。意識がはっきりしない。感じるのはただ、肛門の疼きだけだ。

「ほい、バトンタッチ。スマホ貸しな。オレが撮ってやっから、次、おめえ、ハメな」

「うん！」

「すげえよかったぜ？」

猿と豚がなにやら話し合っている。

視線の隅に、靴先が見えた。

とたんに我に返った。豚が歩み寄ってきている！　必死に喉を開き、叫んだ。

「……やめて、くれっ。もう無理だ！　三人連続なんか、やめてくれ！」

狂う。廃人になってしまう。

逃げようとしたが腰が立たない。恐怖におののきつつ、視線だけを上げた。

豚は、歩きながらゴムマスクを取っていた。

現れた顔は、声と同様、ひどくおとなしそうだった。オタクと言われているような人種に見えた。凶暴性など一切持っていないような、柔和な顔だ。

「ごめんなさい。でも、ボクだって権利あるし、…順番待ってたし」

豚が摑み出したものを見て、驚愕した。

（……っ！）

見たこともないほど巨大だった。太さは缶コーヒーくらい、長さは二十センチ以上あるだろう。その体軀にふさわしい日本人離れした大きさだ。

（無理だ。入るわけがない）

恐怖のために、奥歯がガチガチ鳴りだした。

芋虫のように床を這って逃れようとした。だが足首を摑まれた。床に肩を擦りつけ、抵抗しようとしても、欲情に駆られた豚はやすやすと冬樹を引き寄せる。

冬樹はなりふりかまわず哀願していた。

「そんなもの入らない！　頼むっ、無理だ！　やめてくれ！」

猿がスマホを近づけてきた。ニヤニヤと笑っている。

「そいつ、デケエだろ？　だから最後の順番にしといてやったんだよ。オレらのちんぽ汁でぬるぬるだから、なんとか入るだろ？　…ま、入んなかったら、裂けちまうだけだけどな」

「……裂け…」

「大丈夫大丈夫。あんたすげえ名器だからさっ、意外とスルッと呑み込めちゃうかもよ？　気ぃラクにして、楽しめや」

そんなことを言われても、慰めにも励みにもならない。

すでに男二人に強姦されていても、恐怖感が収まらないのだ。

豚のほうは、気弱そうに謝る。

「ごめんなさい。でも、入れたいんだ。力を抜いて？　裂いたりしないように、そうっと入れるから。…息を吐くと、入りやすくなるらしいよ？」

豚の出っぱった腹肉を背中に感じた。自身も床に寝そべって、背後から挿入するつもりらしい。うしろから左足の膝裏を持ち上げられた。

（……やめろっ……その恰好は……）

今まで以上に結合部が丸見えの体勢だ。結合部と、冬樹のペニスのさままで、みなにすべて見られてしまう。

灼熱の棒が押し当てられる感覚。

「いやだっ……頼むっ…無理だから……っ」

儚い抵抗だとわかってはいたが、死に物狂いで肛門括約筋に力を入れる。

だが、どろどろにぬかるんだ肛孔は、すぐに突撃を許してしまった。

「……かっ……はっ…あっ…あっ…あっ……」

悲鳴が喉に絡む。

みりみりとこじ開ける音が聞こえるようだった。

太い！

熱杭で串刺しにされるようだ。腸を突き破り、口まで飛び出してくるのではないか、それほどの一物が、情け容赦なく突き込まれる。

（……ひぃ……ッ……）

冬樹の苦悶をよそに、豚が幸せそうな歓声を上げる。

「ああ、入ったよ。…すごい！　入ったよ、全部。……あったかくて、気持ちいいよ、あなたの中。ほんとに、最高の名器だね！」

ずぬーっ、ずぬうううーっ、と抜き差しが始まった。

（やめろっ、動くなぁ！　……壊れるッ……裂けてしまう……！）

自分のペニスの大きさをわかってないのか！　そんな凶器を人の体内に入れるな！　動かないでくれっ！

なのに…………。

すごい。

身体がおかしい。

(……これは……)

裂ける痛みはいっこうに訪れなかった。壊される苦痛も、一切ない。

恐怖で惑乱状態になった。どうして感じているんだっ？　三人目だぞ？　自分は今日初めて肛門性交を知った。縛られての、強制的な強姦だ。なのに…………なんなんだ、この凄まじい快感は……？　自分の脳はどこかおかしくなってしまったのか……？

被虐の炎に焼き尽くされる。心も、身体も。

(……あぁッ……駄目だ、…こいつも、いい……。いいんだ、感じてしまう、う……)

山岸は？

いったいどんな顔で、犯される自分を見ているんだ。こんなおぞましい場面を。

喘ぎをこらえ、目を動かす。

(泣いている……？)

一瞬、そう見えたほど、苦しげな表情だった。

後悔しているのか？　それとも、ただの見間違いか？

そんなふうに意識をそらしていられたのも、ほんの一瞬で、豚が律動を続けると、めくるめく快美で脳裡が焦がされてしまう。

（……ああっ、…いいっ……なんていいんだっ……）

「あ」

唐突に、豚の動きが止まった。

体内のペニスがさらに膨張した。

「あ、…イきます、ボク」

気弱な声で告げられたとたんだった。

ひときわ大きな拍動とともに、どくっ、どくっ……びゅ、びゅ……と、凄まじい勢いの精液が内部でしぶく。まさに爆発した感じだった。

冬樹は全身を硬直させ、すべて受け止めていた。

（……あっくっ……うう……っ……う、う、……）

中出しが、いい。

駄目だ。何度射精されてもいい。されるたびに、感度が増して官能が高まっていく。爛れた快感で頭が真っ白になる。混濁した意識の下、法悦に揺蕩う。

信じられない。この世にこれほどの快楽が存在したとは………。

7

三度目の中出しで、しばらく意識を失っていたのかもしれない。

膜が張っていたような瞳に、うっすらと光が通りだした。

冬樹を犯し終わった男たちは、三人顔を突き合わせてなにか話していた。

「オレ、ちょっくら酒でも買ってくるわ。まだやんだろ？　喉乾いちまったよ」

猿に応えるのは山岸。

「うん。そうだね、食べ物もなにか頼むよ。コンビニに行くんだろ？」

豚も話に乗る。

「ボクも、お腹すいた。おにぎりでいいから買ってきて。ツナマヨと明太子ね」

犯罪現場だというのに、悠長に食事の話か。馬鹿馬鹿しすぎて怒りも湧いてこない。

心だけではなく、感覚のすべてが鈍麻している。

じんじんと疼く肛孔の感覚だけが、鮮やかだった。

今の今まで男たちの剛直で刺し貫かれていた。今はぽっかりと空虚な穴が空いてしまったようだ。

ひょいひょいと弾むような足取りで猿が裏口へと行く。

コンビニは商店街の端にあるので、往復に三十分程度はかかるだろう。

そのあいだ、山岸と豚は話し合い、女性陣から順にトイレ休憩させることにしたようだ。

感心するというよりは、呆(あき)れた。

(妙なところで優しいんだな)

冬樹のことは手荒く強姦したくせに。

それでも、豚が女性たちをトイレに行かせ終わり、店内の男性陣も、足の拘束を解かれ、一人ずつトイレに連れていかれて、…少しホッとした。いちおう自分以外には丁重な扱いをするつもりらしい。

最後に冬樹の番が済み——もちろん一人だけ全裸で連れていかれたのだが——そのあたりで猿が戻ってきた。

「おーい。今、裏口にネズミが一匹いた。捕獲してきたぜ〜!」

続く声で、息が止まりそうになった。

「やめてください! 引っ張らないでください!」

精魂尽き果て、ぐったりと床に転がっていた冬樹は、一気に跳ね起きた。

(……潤っ!)

無理やり腕を摑まれて、猿に引き摺られていた。

潤としては、ただガラの悪い男に絡まれただけだと思い込んでいたのだろう。店内に入れば、冬樹もいる。ほかの店員もいる。すぐに助けてくれるはずだ、と。

潤は唖然とした顔で、ゆっくり店内を見回した。

信じられないような光景だろう。両手をガムテープで拘束された男性四人が、床に座らされているのだから。

潤の視線が、ぴたりと冬樹の上で、止まった。

一瞬後、恐怖に引き攣ったような悲鳴が上がる。

「……父さんっ！」

驚愕は当然だ。父親が全裸に剝かれ、うしろ手に拘束された状態で、床に転がされている。それだけではない。白濁が股間を汚し、肛孔までも汚れている。性的な凌辱を受けたことは一目でわかったはずだ。

潤は猿の手を振り払おうと暴れている。

「父さん！　父さん！　…放してください、父さんが…っ！」

山岸が、いやに淡々と歩み寄り、声をかけた。

「久しぶりだね、潤君」

いけない！　冬樹は必死に否定した。

「違うっ！　その子は潤じゃない！　人違いだ！」

「ええ？　今、父さんと言ったじゃないですか。…それに、僕だって何度も会ってるんですよ？　見間違えるわけないじゃないですか」

「だから人違いだと言っている！　放してやってくれ！　その子は無関係だ！」

さも愉快そうに山岸は追い立ててくる。

「ええ？　そうなんですか？　すごく似てるんですけどねぇ？」

「似てても、そうなんだ！」

「こんなに可愛らしい子は、めったにいませんよ？」

「人違いだと、親が言ってるんだ！　いいかげんに信じてくれ！」

「人違いだというなら――じゃあ、この子も、犯しちゃってかまいませんよね？　赤の他人だって言い張るならね？」

「……っ！」

返事が喉の奥に詰まった。

どう答えるのが正解なんだ？

赤の他人だと言ったら、自分と同様にレイプされる。では、自分の息子だと言ったほうがいいのか？

それもまた危険だ。こいつらは、情け容赦なく自分を輪姦した。潤を同じ目に遭わせるわけにはいかない。

すると山岸は、ははは、と乾いた笑い声をたてた。

「顔色が変わりましたね。言い訳も尽きたようですね」

冬樹は唸り声を呑み込み、山岸を睨みつけた。

こんなことなら、来てほしいなどと願わなければよかった。まさかこいつらがここまで悪辣非道だとは思わなかったのだ。

苦渋の選択で、認めることにした。

「……頼む。放してやってくれ。今回のことに、息子は関係ないだろう……？」

「関係ないってことはありませんよ。あなたの息子なんですから」

「わ、私に興味があって、恨みも私にだけ、だろうっ？　だったら、息子はまだ二十一だ。そんな子供には用はないはずだ！」

山岸は、無遠慮な目で潤を上から下まで眺めた。

「そうでも、ないですよ？　あなたの若い頃はこんな感じだったんですか？」

「違う！　私と息子は似ていない！」

そこで猿がちゃちゃを入れてきた。

「おいおーい。二人だけでラブラブトーク楽しんでねぇで、こっちにも話を回してよ、山岸ちゃーん。…オレ、若い子好きよ？　この子なんて、趣味の、どストライクだってば。

マジでかっわいいじゃ～ん」

ゾッとした。そうだ。敵は山岸一人ではなかったのだ。

冬樹の耳に、身も凍るような台詞が飛び込んできた。

「早くひん剝いて、バコバコしようぜ～え。あんあん啼かせてやっからさ」

猿は舌なめずりでもしそうな表情で、潤の顔を覗き込んでいる。

こらえられなかった。なりふりかまわず哀願していた。

「頼むっ！　なんでもする！　息子にだけは手を出さないでくれ！　お願いだ！」

山岸の顔に冷酷な笑みが浮かぶ。

「なんでもするんですか？」

「ああ。する！　私はなにをされてもかまわないし、なんでもきみたちの言うことを聞く。だから息子は放してくれ！」

犯人三人は、顔を見合わせている。

おもむろに猿が視線を飛ばしてくる。

「なあ、——オレ今、おもしろいこと、考えついたんだけどさ」

「え？　どんな？」

にやにやしながら続ける。

「支店長さんにさァ、そこにいる全員のを、口で抜いてもらう、っての、どう？　ナマ尺してもらうわけ」

下衆な物言いが、一瞬理解できなかったが、フェラチオをしろと言っているのだとわかり、声を上げていた。

「まさか……お客様だ！」

店員だけならともかく、お客様を巻き込むわけにはいかない。今までのえげつないショーを見せてしまったことだけでも申し訳ないのに、これ以上ご迷惑をおかけするわけにはいかない。

猿はあからさまな嘲りの笑いで、

「まーだそんなノンキなこと言ってんのォ？　そいつらだってオスだし。支店長さん、気づいてねぇみたいだけど、さっきからギラギラの目で、見てんぜ？　オレらの仲間に入りたくてたまんねえ、って感じ。…なー、そうだよな～？」

そんな馬鹿な、と人質たちのほうへ視線をやると……みな、サッと視線を外した。

愕然とした。

（……私が犯されているのを見て……）

てっきり、見ないでいてくれたと思い込んでいた。なのに違った。猿の言うとおりだった。ギラギラと好色な瞳で、眼前の輪姦ショーを眺めていたのだ。

——……………。

いつものように父母の教えが脳裡で響いた。ような気がしたが、どんな言葉だか聞き取れない。

心が拒絶しているのかもしれない。父母の教えなどなんの役にも立たなかった。それどころか、いつも最悪の結果しか招かなかった。

今回だけではない。わかっていた。こちらが心を押し殺し、相手に対峙しても、ただ舐められるだけだった。『いい人』などというのは、侮蔑の言葉と同意義だ。馬鹿や、うすのろと言われているのと変わりない。

(兄さんは、……『いい人』じゃあなかったな)

懐柔され、骨なしに育っていく弟を叱咤し、最後の最後まで親に反抗し続けた。罵られても、殴られても、自我を保ち続けた。

今ならわかる。兄さんは正しかった。人は、理不尽な目に遭ったら、怒らなければいけないのだ。笑っているから相手はつけ上がる。全力で苦痛を訴えなければいけないのだ。最初にもっと強く出ていれば、今、自分も、ほかの人々も、こんな目には遭っていなかったかもしれない。

猿の言葉に、山岸もすぐに乗った。

「そうだね。立花さん、まだ完全に堕ち切っていないみたいだから、…それもひとつの案だよね。やってもらおうか」

「ほいほいほい。んじゃあ、西っち、この坊や捕まえといて」

潤の拘束を豚に任せると、そういう時だけ親切な猿は、小荷物のように冬樹を持ち上げ、ガラスケース前に並んでいる人質の前まで連れていく。

「山岸ちゃんのＯＫも出たから、おっぱじめてくれっかな、支店長さん？」

一番端に座っていたのは、萩野老だった。

冬樹は沈痛な思いで、謝罪した。

「……申し訳ありません、萩野様」

老人は力なく首を振った。

「いいんだ。きみは、……気をしっかり持って、頑張ってくれ。つらいだろうが、わたしたちは、最後まできみの味方だ」

猿はニヤニヤしながら、萩野老のズボンのファスナーに手をかける。

「準備はオレが手伝ってやるよ。さすがに口で下ろすようなお風(ふう)並みの高等テク、あんたは持ってねぇだろ？」

指でペニスを引っ張り出すと、うしろから冬樹の頭を押さえて強制する。

「さあ、やんな」

嘆息ひとつで、覚悟を決めた。

ここまできたら、恥もなにもありはしない。

白髪まじりの陰毛の中に横たわっていた性器を、舌先でつついてみる。

それから、ぱくりと頬張る。

意外にも不快感は皆無だった。

嫌悪感もない。長年のご贔屓客なので、そう思ったのかもしれないが、たぶん今の極限状態が神経を麻痺させているのだろう。

潤のためだ。今の自分は、なんでもできる。

「大丈夫だよ。わたしは何年も勃起なんかしてないから」

安心させようと思ったのか、萩野老がそう言ったとたんだった。

ぴくりと先端が動き、やがて胴震いとともに、むくむくと鎌首を持ち上げ始めた。

「……ぁ……」

ちらりと視線を上げて見る。

老人の顔に表れた驚愕と、たぶん歓喜の色。一瞬表してしまったことを恥じたように唇を嚙み締め、視線をそらしたが、舌先の感触で反応してしまったのはあきらかだった。

冬樹は口を放し、小声で告げた。

「どうぞ、感じてください。そのほうが、私も助かります」

手をうしろで拘束されているので、しっかり屹立していてくれたほうが舐めやすいのだ。

応えるように、口の中で、ぐんっ、とペニスが力を増した。

さきほど山岸に教えられたとおり、唇の輪で軽くしごき、舌のざらざらを擦りつけるように亀頭部を刺激する。

数分もしないうちに、ごくごく少量の射精が、あった。

照れ隠しのように萩野老は言った。

「すまない。……すまないが、……よかった。とても」

大きく肩で息をしている。本当に萩野老にとっては久しぶりの射精だったようだ。

冬樹としては複雑な胸中だった。

こんなことを褒められても、なんと応えればいいのだ。ありがとうございます、とでも言えばいいのか。

「終わったのか？　よっしゃ。次行こうぜ、次！」

猿だけが妙に浮かれている。再び冬樹を抱き上げ、隣に座る若者の前まで連れていく。

「見てみろよ！　気が早ぇな。こいつ、もう勃たせてんぜ！　ギンギンじゃん！」

若者は、ふてくされたように言い返す。

「るせぇなっ。こっちは若いんだよ！　隣のジジイだって、そんなに興奮したんだぜ？　しょうがねぇだろ。このおっちゃん、色っぺーんだから」

胸の奥底で奇妙な光が点滅した。

褒められて嬉しいわけがない。なのに、胸の奥で、光は輝きを増しているようだった。

猿の言うとおり、摑み出した性器は、しっかりと屹立していた。

若者は、早く舐めろ、とでもいうように、腰を突き出してくる。

「悪いな、おっちゃん。一発頼むわ」

ずいぶんと軽く言ってくれるじゃないか。…まあ、変に恐縮されるよりはましか。

ぼんやりと若者の顔を見つめ返し、冬樹は彼の股間に顔を埋めた。

「うっ、あ、あっ」

ペニスは、びくんっ、と口中で跳ね上がった。さすがに若いだけあった。

若者らしいあからさまな歓喜の声を上げる。

「うわっ…やべっ、……まじ、イイッ……。すげえ、あんた。女よりうめえじゃん。ほんとにホモじゃねぇの？　そっちの仕事でも食ってけそうじゃん」

——与えられた仕事は、全力を尽くして取り組みなさい。

不本意だが、クソ真面目だと言われる性格がこんな時にまで出てしまうようだ。山岸が教えたとおりのことを無意識で行っている。

丁寧に愛情をこめて、歯をあてずに、唇だけで、顔を前後させて、舌も使って奉仕する。

「うっ、わっ」

ほどなく青年も逐情した。

もちろんすべて嚥下する。

山岸から数えれば、三人目だ。さすがに精液を飲むのにも慣れてしまった。

（味が違うな）

この子の精液は少々苦味がある。

不摂生をしていたのか、若いせいなのか。

飲み比べてみると、最初の山岸の精液のうまさが思い出される。妙な味だと思ったはずなのに、今ではとろけるような甘露だったような気がする。

自分の考えを嗤う。

（……まさか、そんなことを思うとはな）

やはり自分はどこかおかしくなっているのだろう。気が狂いそうだと思ったが、とっくに狂っているのかもしれない。

三人目は渋谷だった。

渋谷は申し訳なさそうに謝った。

「……立花さん……すみません。お助けできなくて……」

そんなことを言いながらも、猿がズボンを下ろすと、渋谷もしっかり勃起していた。照れ隠しのように謝る。

「すみません。お恥ずかしい話ですが、…じつは、嫁さんも、近頃フェラなんかしてくれないもんで……」

いいんだ。つけ足したような言い訳は。

とにかく感じてくれ。そして早く達してくれ。それが一番嬉しい。

渋谷を終え――最後は、岡部だった。

岡部は苦渋の滲む声で言った。

「俺のせい、だな。なにもかも」

そうなのかもしれないが、そうではないような気もした。

「立花、なにか……俺に訊きたいことはあるか」

ぼんやりと、旧友の顔を眺めてしまった。そして、本心を告げた。

「……わからない。たくさんあるような気もするが、…なにもないような気もする。とにかく今はいい。謝罪も言い訳も。…今の一番の望みは、さっさと出してくれ。それだけだ」

岡部は自嘲気味に唇を歪めた。

「おまえらしいな」

「そうか?」

「ああ。おまえは、人を悪く言わない。失敗も咎めない。いつも、なにがあっても超然としていてな。顔色ひとつ変えずにやり遂げてみせる。…すごい男だと思っていたよ」

「買いかぶりすぎだ。本人は本人なりに、葛藤も苦悶もあるんだが、顔には出さないように躾けられている。仮面を張りつけていたような感じかもしれない」

正直言って、今のレイプのあいだも、感じすぎて、喘ぎ声をこらえるのに苦労していたんだがな、と言ってしまいたかった。

「いや、……おまえほどできた人間を、俺は知らないよ」

初めて笑いが出た。

こんな場面でも、友人の言葉は身に沁みる。

「最後までやり遂げてみせるさ。今度もな。それからは、…どうなるかわからんが、…まあ、とにかく、早く出せ」

身を倒し、ほかの人よりも乱暴に口に含む。少しばかりの嫌がらせで、歯もあててみる。なのにかなり感じたようだ。

「……うっ……むっ」

岡部は低く呻いた。雄々しく脈を刻んでいるペニスも、ぐんっと跳ね上がる。

「……おまえ……ほんとにうまいな」

冬樹は視線を上げて、睨んでしまった。

(うまくもなるさ。もう連続で五本目だ)

顎はかなり疲れているけどな、と心中でつけ足す。

そして、みんながみんな褒めてくれるなら、この道でも本当に食っていけそうだな、と自虐ネタでも語ってしまいたくなる。

ふと、背後に気配を感じた。

「いい眺めだなぁ。フェラしながら、ぷりぷりケツ振ってさァ。逆流したザーメンがとろとろ漏れ出してんのも、すっげえエロエロ！　…オレ、ほんと、バックから入れんの好きなんだよなァ」

猿だ！　腰を摑まれた。まずい！　と身構える間もなく——ずぼっ、と音がするくらい強烈な突き込みを喰らった。

(いっ、あっ……っ！)

予告もなしに、急に挿入するとは！

せっかく忘れかけていたのに、またしてもあの疼きに捕まってしまうじゃないか！

「おお〜、一段と味に深みが増してるねぇ〜。西っち効果？　いったん拡がったから、…いいよう、きゅうきゅうくるよ！」

猿は調子に乗って、がしがし腰を突き込んでくる。

（あうっ……ぅううぅ……ふっ……）

口と肛門を二本のペニスで串刺しにされ、冬樹は息も絶え絶えだった。

「おい、口がお留守だぜ？　ちゃんとフェラしてやんな？」

うるさい！　貴様がバックから犯したりするから、口が留守になったんじゃないか！

（……ああ……喘ぎたい……）

口からペニスを吐き出して、思う存分声を上げたい。尻の中のペニスに意識を集中させたい。尻を犯されるという、今日初めて知った地獄の悦楽を、今だけでも心ゆくまで堪能したい。

淫夢の世界を揺蕩っているようだった。

岡部は焦れたのか、自分で腰を動かし始めた。射精が近いのだろう。

「出すぞ」

喉にしぶく旧友の放つ白濁を嚥下し、冬樹は大きく肩で息をついた。

これで全員だ。言われたとおり、口唇奉仕で射精させて、精液もしっかり飲み干した。

涙が滲んできた。

（よかった。潤は助かる）

自分は穢されても、息子だけは守り切ったのだ。

8

胃が重かった。

飲み込んだ大量の精液のせいか。それとも悲しい諦観のためか。

息子との仲も、これまでだろう。もうまともな親子関係には戻れない。

男にフェラチオをして、精液を飲む。いくら強制されたとはいえ、唾棄すべき行為のはずだ。実の父親がそんなことをしている場面を見て、潤はどれほど傷ついただろう。

無意識に壁の時計に目をやっていた。

（まだ十一時か）

長い長い時間だったような気がするが、それほど経ってはいなかったのだな。

もうすべてやり終えた。

そろそろ、本来の目的である強盗を働いて、犯人たちは逃げるだろう。

自分たちはようやく解放されるのだ。

しかし——その目論見（もくろみ）は甘すぎたことが、すぐにわかった。

「じゃあ、第三幕の開演といきましょうか」

第三幕……？

冷水を頭から浴びせられたようだった。

山岸と猿、豚の視線が、冬樹ではなく、潤に集まっていたからだ。

意図することを察し、叫んでいた。

「やめろっ！　息子には手を出さない約束だろう！　その子は逃がしてくれ！」

だったら、なんのために全員のフェラチオなどしたんだっ？　すべては潤のためだ。親子関係が崩れてもいい。息子だけは守り抜こうと、必死だった。なのに、自分のしたことはすべて徒労だったというのかっ⁉

猿が、にへらにへらと笑い、わざとらしく頭を掻いて見せた。

「すいませんねぇ。オレら、記憶力悪いもんで」

「いいとか悪いとかの問題じゃないだろう！」

言い返したが、…無駄なことはわかっていた。そもそもこいつらは犯罪者だ。情も倫理も通じない。最初から。信じた自分が馬鹿だったのだ。

潤は恐怖に震え上がっている様子で、怯えた視線を飛ばしてくる。

「…………父さん……」

全身の毛穴から脂汗が噴き出してきた。

自分がターゲットにされている時より、数倍の恐怖だった。たぶん、自分が殺される間際でも、もう少し落ち着いていられるだろう。それほどの恐ろしさだった。

「やめてくれ！　その子はまだ子供なんだっ」

猿は、いやらしく鼻の穴を膨らませ、潤の顔を覗き込んで尋ねる。

「ああ？　子供じゃねぇよなァ？　確か大学生だよなァ？」

引き攣りながらも、潤はおどおど答えた。

「……はい。大学三年、です」

猿は、大口を開けて笑う。

「素直だな。親の躾がいいんだな」

三人の男たちは、じり、じりじりと輪を狭めていく。

「放してくれ！　…潤、潤！　なんとか逃げろっ。父さんのことはいいから……暴れろ！逃げてかまわないから！」

言いながら、絶望感が込み上げてくる。

三人がかりだ。非力な潤が振り払えるはずもない。

波に溺れる人を見ているようだった。床に倒され、もがき、抗い、じたばたと足が宙を蹴る。悲痛な悲鳴が鼓膜を焼く。

「……や、やだ！　やめて、くださいっ。…父さん、…父さん、助けて！　……いやだっ、服、脱がさないで……いやだぁ、…いやっ、恥ずかしいよう……」

「潤っ！　潤────っ！」

床を這い、助けに行こうとした。それを気づいたのか、猿が立ち上がり、

「おっと。忘れてた。邪魔すんなよ、支店長さん？　これから坊やのお披露目ショーなんだからな？」

足首を摑まれ、ずるずると引き離された。あまつさえ、もっとも遠いガラスケースの脚部に、足首を固定されてしまった。ガムテープは、自力では剝がせない。恐ろしい我が子への凌辱を見守るしかなくなった。

潤のそばまで戻ると、猿はおおげさな歓声を上げる。

「おー。肌、真っ白じゃん！　綺麗だねぇ！」

「…いや、…いや……」

「乳首もピンクですね。色白なのは、お父さん譲りかな？」

「………や、……やめて、いや……」

「ほらほら、パンツ下ろして、下着も下ろして、──おー、まっぱだ、まっぱ！　今からお兄さんたちが、恥ずかしいことしたげっからな～？　恥ずかしくて、すげえ気持ちいいことだぞ～？」

「……いやっ………いやだぁ……」

冬樹は声を限りに絶叫した。

「やめろっ！　やめてくれーっ！　…私を犯せ！　私なら何度でも犯されてかまわないから、頼むからその子にだけは手を出さないでくれっ！　山岸君、頼む、後生だ、許してくれっ！　お願いだからやめてくれ――っ！」

いくら叫んでも、声が虚しく店内に響き渡るだけだ。潤を押さえ込んだ男たちの背中は、淫靡な動きを続けている。

「潤！　潤、大丈夫かっ？　ひどいことはされていないかっ？」

ふと。

気づく。

拒絶していた潤の声が、甘い色を帯び始めていることに。

「……………潤……そんな………」

感じ始めてしまったのか。快感に屈してしまったのか。

ゲイだけあって、奴らの性技は巧みだ。男の感じるツボを的確に突いてくる。それは自身が施されて、よくわかっている。そして肛門性交を拒絶しようにも、あのピンク色の弛緩剤入りローションとやらを使われたら、ひとたまりもない。簡単に犯されてしまうだろう。

こちらの動揺を察したように、ゆっくりと猿が振り返る。

「残念だったな。坊ちゃんは、もうメロメロだぜ？　ちんこピン立ちさせて、先走り溢れさせてる。ケツ穴も、とろとろだ。今、指突っ込んでんだけどさ、…オレの指、食い千切られそうだぜ？　嬉しそうにしゃぶってやがる。…すげえな、さすがあんたの息子だけある。Hな子だよなっ。淫乱ちゃん、ってやつ？」

聞くに耐えない嘲笑が耳に刺さる。

冬樹は怒鳴った。

「うるさい、うるさいっ、笑うな！　嗤うんじゃない！　息子は子供なんだっ。まだ女性の身体も知らないはずなんだっ。おまえたちが三人がかりで弄んだら、快感を得てもしかたないだろう！」

前立腺刺激はそれほど強烈だった。潤も今、とんでもない快感に驚き、喘いでいるだろう。

「そっか、そっか。初めてで、衆人環視のレイプかァ。これ、ほかのHじゃ感じなくなっちまうかもなァ」

ぞくりと、身の内でなにかが蠢いた。

自分にとっても、潤にとっても、この事件がきっかけで人生が変わる。

予感ではなく、確信だった。

「なあ、おやじさんのお初、おめえにくれてやったんだから、ガキのお初はオレがもらってかまわねえ？」

山岸の応える声がする。

「うん。好きにしていいよ」

「も、こんなもんでよくね？」

「そうだね。指三本入るから、大丈夫だと思うよ」

直後。

最悪の悲鳴が響き渡った。

「いやっ、いやあああああぁぁぁぁぁ————————っ‼」

冬樹は絶望感にうちひしがれた。

（……ああ……ついに犯されてしまったんだ……）

涙が滂沱（ぼうだ）として溢れてきた。

悲しさと憤りで、涙が止まらない。

（……ごめん、潤。父さん、こんなに近くにいながら助けてやれなかった）

恨んでいるか？

こんな日に、外食予定なんか立てなければよかった。おまえ一人で家で弁当でも食わせていれば、今頃普通にゲームでもしていられたのに……。ごめん、優しいおまえに、店まで来てほしいなんて、一瞬でも思ったおれが馬鹿だった。こんな目に遭わせたかったわけじゃないいんだ。…本当に、ごめん。許してくれ、潤。

いくら後悔に咽び泣いても、今さらしょうがない。起きてしまったことは取り消せない。

潤は卑劣な男に犯されてしまった。

「おーおー、蕩けてきたぜ。絡みついてくる。父さん似だな。いい身体してんぜ」

すぱん、すぱん、すぱん、と耳を覆いたくなるような淫音が響いている。

陰嚢が尻にあたるほど、深い抽挿を繰り返しているのだ。

冬樹は涙ながらに訴えかけた。

「………やめてくれ……やめて、やってくれ……」

幼い頃からの潤の姿が、瞼の裏、走馬灯のように流れた。

よく熱を出す子だった。

夜中に高熱を出して、病院を探して駆けまわったこともある。

甘えっ子で、少しばかり我儘なところも、親からしたら可愛くてたまらなかった。

(宝物だったんだ。…潤がいたから、生きてこられたんだ。その大事な子を……)

冬樹の心を打ち砕くように、猿は言う。

「ほら、いけ。男なしじゃいられねぇ身体にしてやるよ。いけ! いけ! いっちまえ！」

猿の突き上げに合わせたように、「んっ、んっ」と声が上がっている。あきらかに快感の喘ぎだ。

耳を塞ぎたい思いだったが、しかたない、とも思う。自分でさえ肛悦によがり狂ってしまったのだ。もしかしたら家系的に肛門性交で快感を得やすい体質なのかもしれない。

祈るような思いで、心中、語りかけた。

(潤、負けるな！　持ちこたえろ！)

そんな快感は一時的なものだ。感じるな。異常な状況で、脳が誤作動を起こしているだけだ。おまえは強い子だろう？　頑張り屋だったはずだ。親子二人の生活でも、いつも文句も言わず、父親を助けてくれた。最高にいい子だ。親孝行の、自慢の息子なんだ。だから、卑劣なレイプ犯なんかに負けちゃいけない。

(潤！　潤、頑張ってくれっ。頼むから！)

潤は、ひっくひっくと子供返りしたようにしゃくり上げている。

「…………パパァ……怖いよう……」

「潤っ！」

「……パパ、…パパ……」

高校あたりからパパとは呼ばなくなっていた。なのに、すすり泣きながら昔の呼び方をする。もう精神が崩壊しかけているのだ。

「潤っ、潤っ！　パパはここにいる！　頑張れ、潤っ！」

腰を動かしながら、猿があざ笑う。

「なにが怖いんだ？　ん？　――お兄ちゃんが教えてあげよっか？　坊やは、お尻が気持ちいいんだろ？　お尻があんまり気持ちいいから、びっくりして怖いんだよな？　…ほら、言ってみな？　パパに聞こえるように、大きな声で」

薄気味の悪い猫撫で声で、おぞましいことをそそのかす。

「そんなことを息子に言わせるなっ！　…潤、言うんじゃない！　言うな！」

言ったらおしまいだ。卑劣なレイプ犯たちは、それを盾にして、強姦ではなく和姦だと言い張るだろう。画像を撮られているのだ。あとで言い訳できなくなる。

「ほーら。言ってみ？　すっきりして、もっと、もぉ～っと、気持ちよくなるぞ～？」

すぱん、すぱん、という淫音は、さらに激しくなる。

その時。

蚊の鳴くような小声が、耳に飛び込んできた。

「………………パパ、お尻気持ちいい……」

脳裡が真っ白に焼けた。視界さえ一瞬白くなった。

決定的な言葉を吐かせた猿は、愉快そうに語りかける。

「よーし、よーし。いい子だ、いい子だ。素直で可愛いぞ。お兄ちゃんが、もっとも～っと犯してやっからな?」

「うん。……もっともっと、犯して」

「ケツま○こ、とろとろの、ぐちゃぐちゃだよな?」

「うん。ケツま○こ、とろとろの、ぐちゃぐちゃ」

心のどこかが壊れてしまったのか、潤は猿の言葉を鸚鵡返しのように繰り返している。

絶望感は胸の奥まで達し、心臓を冷たく凍りつかせた。

親なら誰でもそうだろう。息子のあさましい姿など、死んでも見たくないはずだ。

「ほら、四つん這いになりな。おちんちんでぐちゃぐちゃされてるとこ、パパに見せてやろうな?」

「うん。おちんちんでぐちゃぐちゃにされてるとこ、パパに見てもらう」

猿に抱き起こされると、潤はみずから床に手をつき、四つん這いの姿勢を取った。

どうぞ、とばかりに首だけ回し、猿に挿入をねだる。

猿も背後で膝をつき、腰を摑んで覆いかぶさる。

「きゃぁぁぁ――――んッ!」

挿入の瞬間。尻を高々と持ち上げ、犬が遠吠えをするように背をそらし、潤は長く尾を引く嬌声を上げた。

「おーし、ずっぽりだぜ？　いい子だ。ほんとに筋がいいぞ、おまえ！」

猿の突き上げに合わせて、潤のペニスが上下する。パタパタと腹を打ち、先端からは白濁を溢れさせている。

あまりに激しいまぐわいなので、床には飛び散る精液で白い水溜まりができている。

「ひぃ、あ、ううううんんっ……あ、はァッ……」

息子のそんな声は聞いたことがなかった。

AV女優でもそこまであからさまな嬌声は上げないだろうというほど、潤は艶めかしい喘ぎ声を上げている。

恍惚の表情で身体をくねらせ、びくびくと腰を痙攣させ、

「あんっ、あんっ、ああんっ……いいよう！　ケツま○こ、蕩けるぅぅ……ッ！」

もう誰も強制していないというのに、聞くに堪えない隠語を連発している。

「いいッ……ああんっ、いいッ！　お尻、気持ちいいっ………イイッ……！」

茫然としていたが、…心の中で幽かな想いも湧き起こっていた。

（………私は、耐えたのに……）

快感にのたうちまわりながらも、声を出さないように、必死に耐えた。なのに息子は、恥ずかしげもなく嬌声を放っている。

そんなことをしたら犯人どものの思うつぼだろう！

男手ひとつでおまえを育て上げたのに。まさかそんな子になっていたとは、父さん、恥ずかしいぞ！

ショックと憤りで、さきほどまでとは違う動悸がしてきた。

たぶん、羨ましいのだ。

自分も男に貫かれて、思う存分喘いでみたい。

「あ……や、んっ、ちんちんも弄ってぇ……もっと、もっと、突いてぇ——ッ！」

「そっかそっか。んじゃあ、ちんちんも弄ってやっか」

ねだられるまま猿は背後から手を伸ばし、潤のペニスを握った。

「あんっ、あんっ、あんっ、出ちゃうーっ！　気持ちよくて、出ちゃうう…——ッ！　ケツま○こも、ちんちんも、最高——ッ‼」

手が動いたら耳を塞いでいたはずだ。

(潤！　頼むっ、もう馬鹿なことは口走らないでくれ！　気持ちいいのはわかっている、わかっているから……頼む、もう言わないでくれ！)

心が壊れる。

絶望感で、死んでしまう。

9

気がつくと、山岸が冬樹をかかえ起こしていた。

ガラスケースに固定されていた足首のガムテープも外されていた。

「大丈夫ですか？　ショックだったでしょうね」

泣けてきた。怒りのまま、口汚く罵っていた。

「ショック？　あたりまえだろう！　あんな場面を見せられて……どうして、息子まで犯したっ？　貴様らは鬼かっ？　悪魔かっ？　私だけでは飽き足らず、……年端もいかない子供まで………」

冬樹の頰を伝う涙を、指先で拭い取り、山岸は謝った。

「……許してください。でも、これも計画だったんです」

「なんの計画だっ⁉」

「あなたを救うための」

「さっきからなにを言っているのかわからない！　これがどうして私を救う行為なんだ

っ？　それ以前に、どうして私がきみに救われなきゃいけないんだっ⁉　きみはなんの権利があって、こんなひどいことばかりするんだ！」

　優美な指先は、再び冬樹の頬の涙を拭い取った。

「まだ、駄目ですか」

「なにがだっ」

「頑固ですね」

「私が？　頑固だって？　そんなことが今、なんの関係があるんだ！　きみたちは私たちを嬲りものにした。私の大事な息子まで、だ。――もう満足だろうっ？　さっさと宝石と金を盗(と)って、出ていけばいい！　それが目的なんだろうっ？　…私たちの人生も、親子関係もぐちゃぐちゃにして……」

　途中で声が嗄(か)れて続かなくなった。

　今さら、どれだけ罵声を浴びせても、もう遅い。遅いのだ。

　涙に咽んでいると、山岸は立ち上がり、さきほど猿が買ってきたコンビニ袋を持ってきた。

　中からごそごそとチューハイの缶を取り出す。

「ほら、飲んでください。口直しですよ」

　プルタブを引き開けると、冬樹の口元まで持ってくる。

いらない、と突っぱねるつもりで首を振った。それでも勧めてくる。

「強情張らないで。あれだけ叫んだんだから、喉が渇いたでしょう？」

叫ばせたのはおまえらだろう！　と言おうとしたが、声が口から出てくれない。肩を大きく上下させて、肺の中に空気を入れようとした。

山岸はしつこく缶チューハイを口に押しつけてくる。

「でも、あなたは叫べたんですよ？」

叫べたからなんなんだ、と思いつつも、さすがに喉が嗄れているのが自覚されて、しぶしぶ顔を上向かせる。

冷たい液体が喉を冷やしてくれた。食道を通っていく感覚が心地よかった。

そんなさまを山岸は目を細めて見つめている。

子供を慈しむ母親のような、悲しみに沈む父親のような、不思議な色を浮かべている。

「…………どうして、だ……？」

冬樹は、今日何度目かもわからないくらい吐いた質問を、またしても吐いていた。

「なにが、です？」

「どうしてそんな目で私を見る？　これだけ酷い凌辱をしていて、…楽しいんじゃないのか？　おもしろがっているんじゃないのか？」

山岸は無理やり作ったような笑みを浮かべる。

「そう見えますか？　楽しんでいないように？」

至近距離で見ると、さらに悲しげに見える。

深い海を覗き込んでいるようだ。日本人だから、瞳が青いわけではない。そうではなくて、黒や濃紺よりも昏い、冥府の底を見ているような色なのだ。

山岸はふいに言った。

「キス、……しても、いいですか」

今さらなにを。強姦までしておいて、と言い返そうとしたが、口からは違う言葉が出ていた。

「……やめてくれ」

「駄目ですか」

「それだけは勘弁してくれ」

もう守るべきものはなにもない。

愛する息子は、堕ちてしまった。

自分も、衆人環視の中、輪姦されてしまった。画像も撮られてしまった。

それでも最後の矜持だけは守り抜きたかった。

（……だが、いったい、私の守ってきたものは、なんだったんだ……？）

真面目に生きてきた。盗みもせず、つらい時にも耐え忍び、愚痴は極力吐かず、人のために誠心誠意尽くしてきた。

その結果が、これか？

怒りは、犯人たちにではなく、両親に向かっていた。

ずっと苦しかったのだ。自分の弱いところも、駄目なところも、黒い面も、悪い面も、なにもかもを押し殺して、強く正しい人間のふりをしてきた。取り繕ってきた。

山岸の言うとおりだ。人に向かって叫んだことなどない。感情をここまであらわにしたのも初めてだ。

「可愛いお顔になってきましたね、冬樹さん」

「……や、やめろ。名前を、呼ぶな。馴れ馴れしい」

「馴れ馴れしくはないでしょう？　僕は、あなたの初めての男ですよ？」

今さらながら激しい屈辱感で身が震えた。

「初めての男という点では、そのとおりだが、…強制的な性交だ。私の意思じゃない」

「僕としては、合意の上のＳＥＸをできる関係になりたいんです。あなたの恋人になりたいんですよ」

不貞腐れぎみに突っぱねた。

「馬鹿らしい。きみは、私よりずいぶん年下だ。何度も言っているだろう」

「年下だってかまわないでしょう？　僕ほどあなたを理解できる人間はいません。僕ほどあなたと身体の相性がいい人間もいないはずです。だから、僕のものになってください」

なんて言い草だ。冬樹は声を荒らげて言い返した。

「ふざけるなっ！　こんなことをしておいて……」

「愛情から、です。わかってください。僕は、自分の命よりもあなたを愛しているんです。あなたのためなら、なんでもできるんです」

「気持ちの悪いことばかり言うな！　本当に、何度言えばわかるんだ！　私は中年男で、きみの上司だ。性的な目で見られているなんて、わかるわけがないだろう！」

山岸の瞳に、今までとは違う色が浮かんだ。

「なら……はっきりと告白すればよかったんですか？　愛していますと。そうしたら、僕のものになってくれました？」

答えが喉に詰まった。

もちろん、断ったはずだ。

だがそれは、以前の自分なら、だ。

肌を炙るような山岸の視線が、恐ろしい。

今の自分は、昨日までの立花冬樹ではない。

またしても頬が熱くなってきた。いったい自分はどうなってしまったのか。憎いはずのレイプ犯の胸の中で、涙を流しているとは。

嗚咽して、うつむいた。年下年下と言いながら、今は無防備にこの男に甘えてしまいたかった。

もう隠すことはなにもない。身体の奥の奥まで凌辱されてしまった。心も、きっと凌辱されかけているのだ。

冬樹は涙ながらに呟いていた。

「…………助けて、……くれ」

抱いていた腕が、ぴくりと動いた。

応える声は、わずかに震えていた。

「ええ。ええ、そのために僕は来たんです」

「怖いんだ。……息子だけじゃない、私も、怖いんだ」

「わかってます。始めはみんなそうですよ」

山岸はやけに優しい。こんな抱き締められ方は、生まれてから一度もされたことがない。

心底冬樹をいとおしみ、慈しんでいるのがわかる抱き方なのだ。

（……生まれてから一度も……？）

そんな馬鹿な、と思い返す。

自分にも幼い頃はあった。父は？　母は？　祖父母は？　みなが赤子の自分を可愛がったのではないのか？

愛している愛していると連発するこの男の、甘言にひっかかってはいけない。

「冬樹さん。ほら、また勃ってますよ？」

山岸は手を伸ばしてきて冬樹の勃起を握り締めた。

「……うっ」

電流が走るような刺激だった。さんざん弄ばれた性器が、べつのものに生まれ変わったようだった。

山岸がその変化を見逃すわけがなかった。

「もっと、欲しいんですよね？」

本音を言い当てられて、動揺した。

「欲しいわけが……」

「わかってます。あなたは、女性には欲望を感じない。それは、あなたがゲイだからです。…ゲイは恥ずべきことではありません。アナルＳＥＸで感じることを恥じる必要はないんですよ」

頑なに守ってきた矜持が溶けてしまいそうだった。

「息子さんだけに、あんな恥ずかしいことさせておいたら、可哀相でしょう？　お父さんのほうがもっと感じていることを、教えてあげましょう」

山岸の囁きは、凄まじく甘く聞こえた。

幼い頃から甘いものは許されなかった。

口にすることも、耳にすることも。自分に厳しく、人には優しく。それが両親の説いた教えだった。

だから、……自分を甘やかすことは、一切してこなかった。

「言ってください。僕が欲しいと。もっと抱かれたいと。そして、僕の恋人になりたいと」

自分は挿入の喜びを知ってしまった。男に抱かれる幸せを知ってしまった。

山岸の手が臀部にまわる。くちゅり、と指を差し入れてくる。

「ほら、こんなに柔らかい」

冬樹は狼狽した。身を捩じって指淫から逃れようとした。

「……や、やめろ！　さわるな……っ！」

「もういいんですよ、冬樹さん。堕ちてかまわないんです。欲望に忠実になっても、誰も笑いやしませんよ」

美しい男が、優しげな声で、甘い言葉を吐く。

人としての矜持も、尊厳も、もう木っ端みじんに打ち砕かれている。

洗脳でもされかけているのかもしれない。

たとえようもなく甘美な誘惑だ。

今、うなずいたら、この男の恋人になれる。夢にいだいたことすらない。幸福と快楽の人生を送ることができる。

（……駄目だ。堕ちる。堕ちてしまう……）

かろうじて、理性が残っていた。

最後のあがきだった。冬樹は半狂乱で喚きたてた。

「……殺せ！　いっそ、殺してくれっ。…もう生きていたって仕方ない！　堕落するくらいなら、死にたい！」

「いいえ。殺したりなんかしません。それどころか、死にかけていたあなたを救うために来たんです。…あなたは僕のことを王子だと言ってくださった。――ええ。そのとおりです。僕は、あなただけの王子になるために、来たんです」

「………私は、…王子なんかいらない。…きみなんか、…いらない。ほしくない」

山岸は、落胆したように言った。

「…まだ、駄目ですか？　あなたの最後の殻は、まだ壊れませんか……？」

気づくと、猿が寄ってきていた。自身のペニスの先をしごいている。

「ああ、たっぷり出したぜぇ。あんたの坊っちゃんのケツ穴にな」

ゲスな言い方にも、言い返す気さえ起きない。

「あんたもいい味だったけどさ、…あの坊っちゃん、すっげえ淫乱だな！　あれ、ほんとにお初かよ？　父ちゃん知らねぇだけで、陰で男漁りしてたんじゃねぇの？」

「そ、そんなはずは……」

反論したかったが、冬樹も不思議に思っていた。

初体験で、あんなに喘げるわけがない。

（潤は、私より早く、あの快楽を知っていたのか……）

たぶん、そうだろう。

潤は愛らしい面差しをしている。女性よりも男性にモテている、という話も聞いたことがあった。

「ま、ほんとにお初だったとしても、もうありゃあ、駄目だな。ほら、見てみ？」

身体を引いて、背後を見せつける。

潤は、豚男に犯されていた。

いや、犯されているわけではなかった。潤は仰向けの体勢で、豚男にのしかかられていたのだが、……手が、背中にまわっているのだ！　足も男の太い腰に、みずから絡めている。どう見ても、喜んで性行為をしているようにしか見えなかった。

「ああんっ、……いいよう、……溶けちゃうう……奥、もっと擦ってぇ……お尻の中、気持ちいいよう……」

猿は親指を立てて揶揄する。

「あのデカマラ、ずっぽしよ？　いっくらオレのザーメン、しこたま入れられてっから、つってもさ～、本人嫌がってちゃあ、入らねえよなぁ、あれは。…あんたも西っちの咥え込んだから、わかっぺ？　自分から受け入れる気がねぇと、無理だよなァ？」

そのとおりだ。

潤は喜んでいる。男に犯されることを。

冬樹の胸に去来した想いは……絶望なのか、それとも解放感なのか。

猿は突然、癇に障る高笑いを始めた。

「なあ！　オレ、もひとつ、いいこと考えたぜ！」

山岸が尋ね返す。

「なんですか？」

「人質さんらも、仲間に入ってもらおうぜ？　そしたらちんこ四本増えっじゃん！」

さすがに仰天した。

「な、なにをっ」

「だって、そいつら、フェラで一回出しただけっしょ？　オレら、ザーメンタンク溜まるのに、もうちょい時間かかりそうなんだわ。——な？　支店長さんさ～、そいつらに、おケツ犯してもらいなよ？」

おぞましいことを、と全身に悪寒が走った。

てっきり山岸が反対してくれるものだと思ったのだが、一瞬の間のあと、

「——そうだね。そうしてもらおうかな」

反射的にもがいていた。腕は拘束されていて動かないが、必死に肩で山岸の胸を打った。

「……きみは……今の今まで、愛しているだの、私の恋人になりたいだのと言っていたくせに……」

返ってきた答えは、意外なものだった。

「僕が、好きであなたを他人に抱かせていると思っていたんですか」

怒りとも悲しみともつかない表情。

やはり冬樹には、山岸の本心が読み取れない。

「じゃあなぜ、…そんなことをさせようとするんだ」

じゃあなぜ、きみだけが抱いてくれなかったんだ……？　ほかの男になど抱かせずに。

冬樹は自身の考えを振り払うように首を振った。

（……なにを考えてるんだ！　…駄目だ。本格的に私はおかしくなっているようだ）

このままでは、あらぬことを口走ってしまいそうだ。

それならばまだ猿の言いなりになっていたほうがいい。意識も保たれる。

山岸は、……怖い。

この男のそばにいて、この男に触れられて、この男の声を聴いていると、……自分が自

分ではなくなる。べつの人間になってしまう。

山岸の同意を取った猿は、

「じゃあ、最初は、だ〜れ〜に〜し〜よ〜う〜か〜なっ？」

子供の遊びのように、一人ひとりを指さし数え、

「よっしゃ！　爺さんだ！　やっぱ年長者は大事にしなきゃな」

さきほどと同様、冬樹を抱きかかえて萩野老の前まで連れていく。

冬樹は謝るしかなかった。

「……再度、……申し訳ありません……。説得できませんでした」

涙が滲んできた。フェラチオは、ただされるままだが、ＳＥＸをするとなると話は違う。身体を繋げてしまうということは、どちらにも一生残る傷になる。

猿だけはヘラヘラと、

「ええ〜？　謝ることなんかないっしょ？　爺さん、ピンコ勃ちさせてんじゃんっ。さっき出したばっかなのにさ〜。…あれ、もしかして、ずっとご無沙汰だったとか？」

萩野老は、わずかにうなずいた。ように見えた。

実際、萩野老のペニスは勃起していた。ピンコ勃ちという下品な表現がぴったりなほど、猛々しく。

猿ははしゃいだ声を上げた。

「じゃ、オレたちいいことしたんじゃ～ん？　インポ治してやったんだぜ？　んでもって、支店長さん、すっげえいいぜ～？　一度ハメたら虜(とりこ)になるの、請け合い！　男とヤリ慣れてるオレでも、すげえって思うんだからさ、初めて味わったら狂っちまうぜ？」

じくり、と。

身の内で、なにかが蠢いたような気がした。

（私の身体は……すごくいいのか……）

そうか。男たちを狂わせる身体なのか。

この気持ちは、たぶん高揚感だ。

今まで褒められたどの事柄よりも、嬉しい。

賛辞など山ほど貰っている。誠実で真面目で、謹厳実直で頼れて、…と。容姿もそこそこ褒められてきた。貶(けな)されることなど一度もなかった。

なのに……自分ではわかっていた。

すべてまやかしなのだ。みなに見せている自分は、作り物の『立花冬樹』だ。

しかし、この極限状態で『身体』を褒められるのならば、それは、間違えようのない真実だ。そう実感できた。

「ほーら。よっこらしょ、っと！」

背後から、幼児におしっこをさせるような恰好で抱き上げられた。

もう抗う気力もなかった。

猿は、狙いを定めて、萩野老の屹立の上に冬樹を下ろした。

ずぶりっ、と肛孔に突き刺さる。

「は、あ……っ!」

予想外に、芯がしっかり入っていた。本当にしっかり勃起していたようだ。

「……うむっ……むっ……」

萩野老は呻いた。うわ言のように呟く。

「………本当は、待っていたんだ。すまない。犯人どもが言い出してくれるのを、ずっと待ってたんだ」

なにを謝ることがあるのだろう。

この地獄のような場で、狂乱の宴に参加せず、高見の見物をされているほうが腹立たしい。

堕ちて、穢れるなら、すべての人間がそうなってほしかった。自分と潤だけが穢されるのは、あまりに悲しい。

今までの自分だったら、思ってもすぐに内心で恥じていたようなことだ。それでも、もう本心を偽る気もなかった。

(……私と潤が、堕ちてしまったんだ。みんな、いっしょに堕ちてくれ……!)

青年も渋谷も、萩野老と変わりがなかった。順番が来るのを待ちかねたようにみずから腰を突き出し、冬樹の身体に押し入った。下から突き上げ、アナルＳＥＸの快美に酔い痴れているようだった。

「立花さんっ……ああ、……いやらしいです、すごく……俺のモノ、しゃぶってます！　きゅうきゅう締めつけてくる……っ！　…ああっ……いい……最高だ……」

みな、挿入から一分もしないうちに射精する。

「すげえ！　すげえ、なにこれ？　ケツってこんなにいいのっ？　…え？　ちんぽトロケそうじゃん！　締まり、すげっ。ぎゅうぎゅうだよ！」

猿が、いかにも先輩ぶって答える。

「だろ？　いいだろ？　なんだおまえ、アナルＳＥＸ初めてか？　だったら、しっかり味わえよ。ラッキーだったな。こんな上物、めったに出回らねえからな」

肛孔は熱く、じんじんと痺れていた。連続性交で、粘膜は悲鳴を上げているはずなのに、不思議なことに、痛覚はほとんどない。汲めども尽きぬ泉のように、湧き起こってくるのは、ただ、快感、それだけだ。

（……ああ……いい……なんていいんだ……）

底なし沼のような悦楽の泥の中で、延々とのたうちまわっているようだった。

いつ抜け出せるのか。いや、抜け出したいのかすら、わからなかった。このまま肛悦地獄で死ぬのなら、それはそれで幸せなことのようにも思えた。

ついに最後になった。

金髪青年が射精したあと、自分から岡部の前まで行った。

正面から対峙する。

「おまえも……おれに入れたいと思うのか」

罵りとも諦めともつかない質問に、岡部はさらりと答えた。

「今のおまえに、入れたくない男なんかいないだろ」

そうだな。おまえはそういう男だった。嘘などつけない真っ正直な人間で、だからこそ三十年近くも途切れずにつき合ってきた。

「立花。どっちみち、もう友人同士には戻れない。……それどころか、生きて明日を迎えられるかもわからないんだ」

「……そうだな」

長く友人だった男の言葉は、胸にすとんと落ちた。

気心の知れたこいつとも、もう元のようなつき合いはできない。これほどの痴態を見せて、明日からどんな顔をして会えばいいというのだ。

それ以上に、生きて明日を迎えられるかも……という言葉が、心に重くのしかかる。

本当に生きて元の世界に戻れるのか。

戻れないのなら、今日が自分の命日になるのなら、これ以上偽りの人生を続けていて、なんになる？

ここに父母はいない。

いるのは獣に堕ちた仲間たちだけだ。

「わかってるだろうが。生きて脱出できたら、おれはおまえを告発するぞ？」

「ああ。ようやく発覚したんだ。内心ほっとしてる。…自分で社長に言うよ。山岸の汚名を晴らして、盗った金も返す」

つい嫌味を言ってしまった。

「酒と女と博打、だって？」

「もう無理だ。楽しめない」

「どうしてそんなことをした？」

岡部は肩をすくめた。

「わからなかった。どうしてなのか。なぜ満たされないのか、自分でも理解できなかった。だが……今さらだが、わかったよ。俺は、たぶん、おまえを抱きたかった。…山岸と同じだ。おまえに惚れてたんだ。その気持ちを紛らわせたかった。山岸に罪をかぶせるためにも、堂々とおまえへの想いを語るあいつが妬ましかったんだと思う」

「……そうか」

そう答えるしかないではないか。

こんなことがなければ、一生聞くはずのなかった告白だ。

嬉しいよ、と言えばいいのか、気づかなくてすまなかった、と言えばいいのか。

ふいに岡部は声をひそめた。

「この際だ。山岸の秘密ってやつも、教えてやろうか?」

「え?」

「あいつ、おまえの写真を、山ほど隠し撮りしてたんだ。たまたま奴のパソコン開けちまってな。…まあ、たまたま、じゃあなくて、顧客データでも盗んでやろうって気だったんだがな。——あいつ、よほどおまえに知られたくなかったんだろう。…おまえんちの画像もあったぞ。風呂場のも、だ。家に上げたことがあるのか?」

「……あ、…ああ。ある。何度か」

「隠しカメラが設置されてるはずだ。…それどころかな、…確か、若い頃のもあったぞ?」

「若い頃?」

「ああ。十何年か前のだろう。ランドセルしょってる潤君が、いっしょに写ってる写真があった」

ぎょっとした。

「ちょっと待て。潤は、小学校一年しかランドセルしょわなかったぞ？」

ランドセルは冬樹の両親が買ってよこした。潤としてはそれが気に食わなかったらしく、背負うのをひどく嫌がったのだ。

「俺だって知ってるよ。だから、ヤバイんだろうが。山岸、おまえのストーカーだぞ？」

潤が小一の時？

だったら山岸は、まだ中学生だったんじゃないのか……？

「ついでにな、今さら告白だが、……俺はもう離婚してる。うちの家庭は、とっくに駄目になっちまってたんだ。それを言えなかった。おまえに軽蔑されたくなかった」

岡部は言うだけ言うと、ははは、と乾いた笑いを漏らした。

「ようやくすっきりしたよ。これで、心おきなく死ねる」

冬樹も乾いた笑いを返してやった。

「バカ。おれが死ぬ気で犯されてるんだぞ？　全員無事に生き残ってくれなきゃ、ヤラれ損だろうが」

「それもそうだな」

「ほかの男にぐちゃぐちゃにされてるから、気持ちいいかどうかわからんぞ？」

岡部は、ふっと笑った。

「……馬鹿。おまえとヤレるってだけで、夢心地だよ。さっさと味わわせてくれ。俺もさっきから待ってて、待ちくたびれてるんだ」

せめてもの気持ちだった。

自分で膝立ちになり、跨る恰好を取った。

「は！　自分から入れに行くのかよ？　…なんだよ？　じつはおまえら、おホモだちだったのかァ？」

猿の揶揄など無視し、冬樹は黙って腰を下ろしていった。

太い。すでに数回男のペニスを挿入され、精液でかなりのぬめりがあるはずだが、岡部のいきりたったペニスは呑み応えがあった。

「うっ……ふうっ！」

総身を弓なりにそらせ、咥え込んだペニスを味わった。

男たちのペニスは、一本一本違った味わいがある。挿入する体位によっても、あたる箇所が変わって、何本味わってもよさが尽きない。

岡部は興奮した様子で訊いてくる。

「いいのかっ？　どうだ、立花？　俺のは、いいかっ？」

嘘をついてもしかたないだろう。冬樹は真実の言葉を吐いた。

「……ああ、……いい」

よくて、たまらない。

岡部も呻きながらうなずいた。

「こっちもだ。おまえの身体は最高だ」

下から腰を動かし、滅茶苦茶に突き上げてくる。

そのたび、バウンドするように、腰が跳ねる。若い頃鍛えていた岡部のふとももは、いまだ筋肉がしっかりしていて、座り心地がいい。

六人分の精液は結合部から漏れ出し、内部に残ったものは、激しい突き上げによって、泡立ち、攪拌され、蜂蜜のように粘ってとろみをおびた液体に変化していた。

ぐちゅ、ぐちゅ、ぐちゅ――――。

淫音が脳を焼く。精神を破壊される。

冬樹は陶然となって天を仰いだ。

(…………ああ……解放されていく……)

なにから?

答えはわかっている。

すべてから、だ。

もう自分を縛る鎖はない。

唇を噛み締める必要も、ない。

「あうっ……ううぅ……くッ……ん、んん、んんっ……」

山岸の声が聞こえた。

「すごいな！　ほら、こっち向いてくださいよ、冬樹さん！　長年の親友とＳＥＸしてる顔、撮ってあげますから」

意識などもうなかった。

声のするほうに目を向けた。

「はしたなくて、可愛いですよ。…本当に、なんて可愛いんだ」

そうか。はしたないことは、可愛いのだ。

私は可愛い。

可愛いと言ってもらえる存在なのだ。

もう、いい。なにも取り繕わない。なにも隠さない。

旧友の射精を腸壁で受け止めながら、冬樹は快感と歓喜に惑溺していた。

10

討ち死にしたような状態で、冬樹は岡部の胸にもたれていた。

いったい何人とヤッた？　いったい何人分の精液を入れられた？

そして……自分は、何回イッたんだ？

猿が壁面の時計に目をやり、呆れたような声をたてた。

「おーい、もう朝になっちまうぞ〜。お楽しみはこれくらいにしとこうや〜」

「そうですね。さすがに夜が明けたら人に勘づかれてしまうかもしれませんね。…それなら、最終幕にしましょうか」

冬樹は朦朧(もうろう)としつつも、尋ねた。

「……まだヤるのか……」

まだ私を欲しいと思うのか。男どもの白濁で穢され、ボロ雑巾のようになってしまっている、この汚らしい身体を——。

山岸は岡部から引き離すように冬樹を抱き上げた。

「ええ。あなたほど魅力的な人はいませんから」

ひくりと、媚肉が淫らに蠢く。

店内は精臭に満ちていた。鼻を突く匂いのはずだが、…もう慣れてしまった。今は脳を蕩けさせるような芳香にしか思えない。

「三人がかりで昇天させてあげますよ。最後にあなたを、本物の天国に連れていってあげますから」

なにをされるのか察し、冬樹は悲鳴を上げていた。

「やめっ……やめろ！　三人がかりは、怖い。怖いんだ！」

「もうさんざん犯されているのに、まだそんなことを言ってるんですか」

「そういう問題じゃない」

違うのだ。これ以上刺激を受けたら、自我が完全に瓦解する。狂ってしまう。極限の興奮で、すでにおかしくなりかけているのだ。もはや指にさわられただけでも喜悦に悶えるほど、感度は凄まじく高まっている。

冬樹を床に下ろすと、恭しい態度で、山岸は膝をついた。

「言おうかどうしようか迷ったんですが……」

「なんだ?　今さら、まだなにか言いたいことがあるというのか」

ひどく申し訳なさそうに、犯す際ですら見せなかったような悲しげな表情で、山岸はその言葉を口にした。

「あなたのご両親は、――学校ではいつも甘いものを食べていました」

不思議なことに。

これほどまでに理不尽で凄まじい凌辱を受けながらも、その告白がもっとも冬樹の心を打ち砕いた。今まで自分を築いていたなにもかもが、ガラガラと音をたてて崩れ落ちていくようだった。

「とても、お酒も好きでした。謝恩会では、お酒を飲んで誰かれかまわずケンカをふっかけるので、…ほかの先生方も、ＰＴＡの方々も、辟易していました。ご両親どちらも、です。煙草も、生徒には厳しく禁止して、生涯吸ってはいけない、なんて言いながら、いつも楽しんでいました。匂いでわかるんです。申し訳ありませんが、……とても、とても、嫌われていました。先生からも、生徒からも、ＰＴＡの方々からも」

気づくと。

冬樹は、笑っていた。

「そうか」

腹の底から笑いが溢れてくる。

人はこういう時、笑い出してしまうものなのかもしれない。

山岸は、おずおずと尋ねてくる。

「……嘘だと……思いますか……？」

「いや。真実だとわかる」

疑心が一度も湧かなかったわけではない。

気づかないようにしていただけだ。両親からはいつも酒と煙草の匂いがしていた。

それでも信じ続けるしかなかったのだ。疑ったら、自分が壊れる。

「驚いたでしょうが……」

「そうだな。はっきりと告げられると、やはり驚きだが、……内心ホッとしている。誰かに真実を言ってほしかったんだと思う」

自分の中の、誰かが泣いていた。たぶん幼い頃の自分だろう。

（…………これで……憎める）

自分の感覚は正しかった。間違っていたのは親のほうだった。兄が存命だったなら、まだ話し合うことができたかもしれないが、…冬樹はずっと孤独だった。誰にも本心を打ち明けられず、身動きのできない拷問部屋で一人すすり泣いていた。

なにをしても楽しめなかった。罪悪感と虚無感で、……今までかろうじて生きてこられたのは、潤の存在があったからだ。

だが、潤は自分と違い、拷問部屋に閉じ込められていない。自由に生きている。性の快感を叫ぶことができる。

ならば……自分も自由に生きていいのだ。それを、この男が教えてくれた。

怯えた子供のように、山岸は訊いてきた。

「僕が、……どんな気持ちで、今のことを言ったか、わかりますか？」

即答していた。

「愛情。そうだろう？」

山岸は、一瞬、瞠目した。

そして、ツーッとひとすじ涙を流したのだ。

涙は、美しい男の頬を伝い落ち、それは幾筋も、幾筋もの痕になった。

「…………こんなことは…………したくなかったんです」

「ああ」

「でも、あなたを助ける方法は、ほかになかった。あなたは性的にもっとも囚われていたから、肉体に強烈な快感を与えるしかなかったんです」

「ああ。わかっている」

山岸は涙ながらに声を張り上げた。

「本当です。信じてください。もう時間がなかった。ほかにいっしょうけんめい案を考えたんです。でも、無理だとわかってた。――あなたを愛している！　あなたを助けたかった。……本当に、本当に、助けたかっただけなんだ！」

薄ら笑いを浮かべて雄弁に語っていた山岸とは別人のようだった。だからこそ、真実の言葉だと察せられた。

猿の言った『純愛』の意味が、ようやく理解できた。

これほどまでに深い愛を、自分は知らなかった。

「きみは、犯罪者になることも、私に憎悪されることも、恐れなかった」

「はい」

「いつから、私を見ていてくれたんだ？　いつから、…私が檻に捕らえられていると気づいていた？」

「昔、…子供の時から、です」

「私がいたから、この店に入ったのか？」

「もちろんそうです。僕には、それ以上の望みはなかった。あなたのそばにいて、あなたを救い出すこと以外、なにも」

「なぜ、と訊いてもいいか？」

「あなたが、立花先生たちの、息子さんだから」

そこから先は尋ねなくてもわかった。

「そうか。きみも、………」

私と同様、囚われていたのか。

山岸の涙は滂沱として頬を濡らしていた。

「…………ええ。ええ、…よかった。わかってくださったんですね」

冬樹もうなずいた。

「ああ。わかったよ。きみがなぜ来てくれたのかも。本当の愛情というのが、どういうものなのかも」

「最初のきっかけはそうでも、…あなたを長年見つめ続けて、僕はあなたに恋をしました。…助けてあげたい。守ってあげたい。…いっしょにいたい。語り合い、愛を交わしたい。僕のすべての感情は、あなたにしか湧かないんです。あなたが男性で、年上で、…そんなことはどうでもよかったんです。愛しているという言葉以外、思いつかない。僕の人生は、あなただけで成り立っているんです」

生まれて初めて味わう歓喜だった。これほど深く人に愛されたことはない。

この美しい男は、確かに自分を愛してくれている。

嘘などひとことも言ってはいない。

これほどの恥辱を味わわせられなければ、たぶん冬樹の心には永久に届かなかっただろう。だが今は身を覆うもののない全裸で、神経すべても、覆うもののない剝き出しの状態だ。言葉の真実は、ひりひりと、胸の奥底まで響いてきた。

「……ありがとう。山岸君」

「いいえ、…そんな…」

冬樹は、生まれて初めて、人にねだる言葉を吐いた。

「それで……今でも、したいと思ってくれるなら……私に、くちづけしてくれないか」

答えを待つ必要はなかった。

山岸は冬樹の頰を両手で挟み、顔を近づけてきた。

くちづけは涙の味がした。

感極まったように唇だけ重ね、いったん離してから、山岸は苦笑した。

「……すみません。へたくそで」

そんなことはない。こんなに感動するキスは初めてだ。

それどころか、生まれて初めて、好きな人とするキスだった。

「私にとっては、ファーストキスかもしれない」

呟くと、山岸もうなずいた。

「じつは、僕もなんです」

「ひとつだけ、頼みがある」

「ええ。なんなりと」

「最後は、きみが抱いてくれ」

彼の顔に表れた歓喜の色を、たぶん生涯忘れられないだろう。

冬樹は続けた。

「それから、手をほどいてくれ。きみを抱き締めて、イキたい」

「ええ、…ええ」

おかしくなってきた。自分の子供くらいの青年に、ずいぶんと甘えている。それでも止まらない。気持ちがあとからあとから溢れてくる。

「ひとつだけの頼みではなくなったな。…だが、これが一番の望みだ。きみも裸になってくれ。きみの熱を直接感じて、イキたい。そして、その目で、私が狂うところを、見ていてほしい。——きみがしてくれたことの、結果だ。檻から解放された私の、心からの喜びを、その目に焼きつけてくれ」

山岸は泣き笑いでうなずいた。

「お望みのままに。お姫様」

馬鹿げた物言いのようだが、彼にとっては真実なのだと確信できた。

(……そうか。私は、お姫様と呼ばれる存在で、いいんだな)

押し隠していた女性性も、自身の幼さも、情けなさも、すべて解放しよう。

この、自分を愛してくれる王子の前では、素のままの自分でかまわないのだ。

そこで——パチパチと拍手の音がした。

驚くことに、猿だった。

「おお～！　ようやく長年の片想いが、両想いになったんだな！　…な、オレらのおかげっしょ？　そう思わね？」

山岸はうなずいた。手の甲で涙を拭っている。

「うん。感謝してる。三浦さんと西田さんのおかげだよ」

「このおっちゃん、なかなか堕ちなかったもんなァ。根性あっけど、ありすぎ！　ま、でも、ラストはハッピーエンド、っつーことで、――山岸が入れるんなら、オレ、しゃぶってやるよ。たっぷり楽しませてくれたからな。お礼ってやつ？」

ちょいちょい、と人差し指を上に曲げて、豚を呼ぶ。

「どうせだから、おまえ、乳首とか、いじめてやんな。支店長さんの、全身の性感帯を開発してやろうぜ」

山岸は、冬樹の目を見つめたまま、おもむろに服を脱ぎ始めた。

息を呑んだ。

細めの身体だと思っていたが、そんなことはなかった。

広い肩幅、贅肉のない引き締まった身体は、男らしさに溢れていた。見惚れるような凛々しさだった。

「……綺麗だ」

つぶやくと、…照れ臭そうに、首を振った。

「興奮してます。すみません。…あなたに見ていただけるとわかってたなら、もっと鍛えておくんだったな」

「そんなことはない。きみは、綺麗だよ。いつも思ってた。なんて、魅力的な人なんだと」

「そんなふうに、思っていただいてたんですか」

「もう、嘘はつかないよ。初めて、店に新入社員として入った時から、きみを見るたびドキドキしていたよ。…今考えると、想いを自覚しないように、必死で気持ちを押し殺していたんだろうな」

全裸になった山岸は、ショーケースを巡り、いくつかの宝石を持ち出してきた。跪(ひざまず)き、指輪のひとつを、冬樹の左手薬指に嵌めた。

サイズはぴったりだった。

恥ずかしそうに、言う。

「あなたの指のサイズは、しっかり覚えてますよ？　本当は、自分のお金で買った指輪を嵌めてあげたかったんですが、──今日のところは、これで」

ほかにもネックレスやらブレスレットやらを持ってきていた。

「あなたを、世界中の宝石、世界中の花、世界中の美しいもので飾りたい。僕の今の幸せを感じてください」

なにをされても拒む気はなかった。

ただただ幸福だった。

山岸は、冬樹の手首から、ガムテープをそっと優しく剝ぎ取る。

それから、床に座り、胡坐をかいた。恭しい態度で冬樹の手を取る。

「さあ——」

赤面しそうになってしまった。

頰が熱くなるなど、初めての経験だった。

さんざん犯し抜かれたあとだというのに、初体験に怯える少女のようだと喘えてくる。

「大丈夫です。怖がらないで?」

「……うん」

「僕は、あなたのためにならないことはしません。信じて?」

「うん。信じてるよ。きみの言葉なら、疑わない」

山岸は、後背座位でショーの最後を飾ろうとしているようだ。

山岸の屹立は、すでに雄々しくそそり勃っている。

全身の細胞が歓喜の予感に震えた。

「……言ってもいいかな…?」

「はい?」

「私は、……どうも、人に見られてするＳＥＸが、とても好きなようだ」

山岸は噴き出した。

「そうですね。予想はしてましたけど、予想以上でしたね。…よかったです。お気に召していただけて」

「それから、肛門性交も、…これもわかっていると思うが、とても、快感だった。信じられないほど、感じるんだ」

「……ええ。嬉しいです。あなたに快感を与えられることが、純粋に」

支えの手を頼りに、しゃがみ込む恰好で、ゆっくり、ゆっくり腰を下ろしていく。

山岸は、自身の屹立を手で押さえ、冬樹が的確に呑み込めるようにサポートする。

肛孔に、熱い昂りが触れた。

早く欲しい。繋がりたい。愛する王子と一体になりたい。

ずぶりと突き刺さる感触に、喜びの声が溢れた。

「ああッ……あ……――あああああ………っ！」

それだけで冬樹のペニスはぶるんっと跳ね上がり、恍惚の痙攣が全身を駆け抜ける。

肛門括約筋が炎の輪になったようだった。

性の喜びを知ってしまった媚肉に、恐ろしいほど逞しく、強い雄が食い込んでくる。

圧倒的な充足感だった。岡部たちとやった対面座位よりも、体重がかかって深く山岸が入り込んでくる。

陰毛が尻にあたる。それほど深く貫かれているのだ。

（……ああ……いい。……やはり、山岸が一番いい……）

見守っていた猿が、ニヤついて言った。

「すげえな。一気に丸呑みじゃん！　ちんこも、うまそうな露、滴らせてる。…ほら、とろとろのぐちゃぐちゃだ。舐めて舐めて、って感じで、びくんびくん跳ねてるぜ！」

指先で弾き、罵り笑う。そんな揶揄の言葉すら、脳は快感として捉えてしまう。

「ほんとだね。支店長さん、ほんとに幸せそう。ボクらも嬉しいよ」

手を伸ばしてきた豚が、乳首を指先でつついた。

「あうっ」

喉をのけぞらし、冬樹は声を上げた。

もう、いい。

自分は解放された。

歓喜と興奮を淫らに叫ぼう。心のままに悶え、嬌声を上げよう。

山岸の手が、腹にまわってきた。冬樹を抱き締めて、——腰を揺らし始めた。

「んあッ……あああッ……」

腸壁にあたる。あたるのだ！

猿が身を屈めてきた。ぱくりとペニスを頬張り、舌嬲りを開始する。

冬樹はあたり憚らぬ嬌声を上げた。

「きゃあ、……ああんッ…ああっ……すごいッ……いいよ！　すごいぃッ……‼」

豚も山岸の背後にまわり、手を伸ばして両方の乳首を弄びだす。

じーん、じーんと痺れるような快感が両乳首を席捲する。ひとつひとつがたまらないのに、すべての刺激が快感を倍増し合って、惑乱するほどの快美を生み出している。

(ああっ……本当に、三人がかりだ！　…いいっ…なんていいんだ……)

ずん、ずん、と尻の中の屹立も律動を開始している。

ひと突きひと突きの鋭い穿ちに、脳天まで鮮烈な衝撃が走る。獰猛な怒張が、尻の中を攪拌している。荒れ狂っている。

山岸の興奮と昂り、そして劇愛が伝わってくるような激しさだった。

「……蕩ける……ああッ、…山岸君、…………幸路、…幸路っ……」

「怖がらないで。大丈夫、あなたを抱いているのは、僕です。心のままに感じてください。すべて受け止めます」

待っていた。

ずっと助けてもらいたかった。

「はっ……あっ…………——だめ、だめっ……気持ちいいッ……ああっ、…死ぬッ……お

かしくなるう……っ！」

切羽詰まった、女のような甘え声だった。あさましい喘ぎ声が止められない。

心の底に残っていたわずかな理性さえ、もう飛び去っていた。倫理観などクソくらえだ。

「ンッあああっ……はぁうッ……ああああうぅ……アアアアッ……ッ！」

ぐちゅっ、ぐちゅっ、と淫音を響かせ、みずから腰を上下させる。粘膜すべてが気持ちいい。猿に咥えられているペニスも、あとからあとから精を噴き出しているようだ。

冬樹は完璧に陥落した。肉悦の渦で溺れ死にしそうだ。

「堕ちましたね、冬樹さん」

「……ああ、…ああ、堕ちたよ。……満足、だろう？ …アアッ、いいっ…いいんだ、…きみが私を堕とした……」

「これであなたは僕のものです。一生僕を忘れられない」

「忘れるっ…わけが、ない！ 一生、………ッ……ああ……」

官能の火柱が背を駆けのぼっていく。激しい突き上げに呼応し、腸壁が無意識に蠢く。全身を痙攣させせながらも、さらなる快感を貪欲に求めてしまう。

（幸路、……もっと……もっと深く、私を奪って、くれ……きみの、…楔を、打ち込んでくれ……）

爛れるような肛悦だった。冬樹は狂ったように嬌声を上げ、啼き悶えた。

「ひぅっ……アアッ……はあっ……はっ、あっ、あああぁァ……――ッ!!」

三人がかりで全身の官能を掻き立てられ、冬樹はもう息も絶え絶えだった。

血も肉も、すべてが山岸と溶け合い、混ざり合って、ひとつになる。ただ番(つが)い合うためだけの淫獣になり、悦楽地獄を彷徨(さまよ)っている。

「どうです? 僕が一番いいでしょうっ?」

「……うん、…うん。…きみが、一番、いい……ああッ……」

めくるめく官能の中で、美しい男が掻き口説く。

「僕のことを、愛しているでしょう?」

そうか。

これが愛しているという感情か。

たぶんずっと自分は山岸幸路を想っていた。自覚もないままに。

冬樹は首だけ回し、口づけをねだった。

すぐに熱い唇が重なった。

(……ああ……キスというのは、なんて幸せなものなんだろう……)

堕落の法悦に酔い痴れる。天にいるのか地に堕ちたのかもわからない。ただ快感の無限地獄を延々と彷徨っているような、浮き上がり、叩きつけられる、上下の揺さぶりに我を忘れ、冬樹は半狂乱で泣き叫んでいた。

「ああうッ……ああっ、イクッ……イッてしまう……」

「イッてください。僕も、もう……」

切羽詰まった声のあと、――どくっ、どくっ、どくっと灼熱の白濁が腸壁に叩きつけられる。熱さと幸福で、天にも昇る心地だった。

「ああぁ…出ているっ……きみの、精液が……ああっ……熱いッ……犯されてるッ……私は、きみに犯されてる……！」

断末魔の収斂が、いとしい男のものを締め上げる。恍惚の痙攣が全身を走り抜ける。

他人の白濁で体内を穢される不快感など、もう一切なかった。

今、自分の肛孔内で達しているのは、愛する男。自分だけの王子だ。

あまりの幸福絶頂に、冬樹は意識を飛翔させていた――。


精魂尽き果てた冬樹が、次に意識を取り戻した時。

冬樹は山岸に膝枕されていた。

身体には山岸のジャケットがかけられている。

「……大丈夫ですか？　きつすぎました？」

心配そうに顔を覗き込む彼に、微笑んでみせる。

「ああ、大丈夫だよ」

「無理をさせてしまいました。すみません」

「謝らなくていい。私が望んだことだ」

見つめ合う冬樹と山岸をよそに、猿がばたばたと動いていた。

「よーし、もうそろそろ撤収すんぞーっ！」

ガチャン、ガチャンとケースを割り、手当たり次第に宝飾品をバッグへ詰め込んでいる。

「……そんなことをしても、宝石類は防犯登録されているんだがな」

嫌がらせでもなんでもなく、ぽつりと呟いただけだ。

山岸は冬樹の髪を撫でながら応えた。

「いいんです。好きにさせてやりましょう。僕は、宝石なんかいりませんから」

優しい手に、自分の手を重ねた。

「きみに、捕まってほしくないんだ」

「ええ、…ええ、わかってます」

「仲間に、言わないのか？　本当の高額商品は二階にあるし、金庫室も二階だと」

「言いません。設備を壊しただけでも申し訳ないのに、……」

ふいに、感極まったように、山岸は覆いかぶさり、冬樹を抱き締めた。

「……離れたくない、冬樹さんっ」

なんの衒いも迷いもなく、言葉が口をついて出ていた。

「私も、だ」

「やっと気持ちが通じ合ったのに」

どちらからともなく唇を合わせていた。

胸が震える。触れられるだけで、初めての感情が湧いてくる。

いつまでも彼を見ていたい。肌を合わせていたい。声を聞き、語り合い、できればいっしょに眠りたい。

「……幸路」

「……はい」

「これから、私はどうすればいいんだ……？　どうすればきみといっしょにいられる？」

山岸の瞳には、もう昏い影はなかった。

「離れません。なにがあっても。今日はいったん離れるしかありませんが、…すぐに連絡をとります」

「信じてる」

「ええ。信じて、待っていてください」

それなのに――猿の無粋な大声が邪魔をするのだ。

「おーい、おめえら、いつまでイチャこいてやがんだよ！　ぐずぐずしてねぇで、警察が来る前に逃げっぞ！」

　山岸は振り返り、舌打ちをした。

「すみません。あんな下品な礼儀知らずと組んでしまって、……本当は、あんな男の手を借りたくはなかったんですが」

　冬樹は起き上がり、自分にかけられていた上着を山岸に差し出した。

「証拠になるようなもの、指紋が残っているようなものは、全部持って帰ってくれ。…なるべく、逃げおおせるように」

　微笑む姿は、うっとりするほど綺麗だった。

「夢のようでした」

「私こそ、夢のようだったよ」

「また、どこかでお逢いしましょう」

「ああ。必ず」

　手を繋ぎ、指を絡め、…後朝の別れのように、一本一本指を放し、最後まで触れ合っていたくて、互いに手を伸ばし——ようよう山岸は立ち上がった。

　裏口に向かいかけた三人だったが、猿が振り向きざま、捨て台詞を吐いた。

「おっと。最後に言っとくがな～。こっちには録画があるんだからな？　おまえら全員映ってる。顔までしっかりな。エロ画像を世間にバラ撒かれたくなかったら、口を割るんじやねぇぞ?」

「……ああ。誰にも言わないよ」

応えたのは、萩野老だった。

「言わなければ、画像を公表しないと、きみたちも約束してくれるか」

丁重な口調で山岸が返す。店員の時のように。

「お約束いたしますよ、萩野様。お客様方に恨みはございませんし、店員仲間にもございません。僕たちは、望みを叶えましたので、……画像は、ただの保険、ですよ」

山岸は、きっちり四十五度のお辞儀をした。

ドアに消えていくうしろ姿を、冬樹はただ黙って見送った。

一分。二分。

たぶん、五分以上経ってからだろう。もう犯人たちが戻ってこないと確信してから、萩野老が抑え込むような低い声で言った。

「きみたちも、…今日、ここであったことは、誰にも話すんじゃない。無論私も、妻には話さない」

ふてくされたように金髪青年が同意する。

「るせえな！　言わねぇよっ。言えるわけねーだろ！」

萩野老は、冬樹に視線を流し、

「彼と、彼の息子さんのため、だけじゃない。わたしたち全員のためだ。……わかってるな？　わたしたち全員が、……犯人に協力してしまったんだ。いわば共犯者だ」

助かります、と言えばいいのか。ありがとうございます、と言えばいいのか。

しかし、いくら犯人たちに強制されたといっても、男性陣全員が冬樹たちを犯したのだ。生涯誰にも知られたくない話だろう。

視線をやると——潤は、大股を開いたあられもない姿で、床に転がっている。

途中から失神してしまったのか。あまりの快感に意識を飛ばしてしまったのか。

「……潤」

床を這って、息子のもとまで進んだ。

「潤、しっかりしろ、潤！」

二、三回頬を軽く叩くと、潤は無意識なのだろうが、もぞもぞと動いて、尻をこちらに向けてきた。どうぞ好きに犯してください、と言わんばかりに。

声を荒らげてしまった。

「潤っ！　もういいんだ！　犯人たちはいない！　そんなことはしなくていいんだ！」

……いいや。俺たちは、まだいるぜ？

それは、誰の呟きだったのか。

「今日はもう駄目だ！　やるなら、べつの日にしてくれ！」

反射的に返したあと、冬樹は愕然とした。

（……私は、いったい今なにを口走った……？）

男たちと視線を交わす。みな、獣の目をしていた。

全員が何度か達している。なのに全員が性欲亢進(こうしん)状態に陥っているのかもしれない。室内に立ち込める雄の気配が凄まじい。

（…………そうか。それが答えなんだな）

これで終わりではないんだ。

これが、始まりなんだ。

肛孔が、じくりと疼いた。ような気がした。

まだもう一周くらいなら、してもいい。

潤もたぶんそう思っているはずだ。

「どうする、潤？」

横たわった潤は、うっすら目を開けていた。

そして、とろんとした瞳で、淫靡に微笑んだ——。

11

冬樹は便器の蓋に手をつき、唇を噛み締めて声をこらえていた。

背後からは、はぁはぁという男の荒い息。

耳朶(じだ)を打つ息の主は、岡部だ。

事件が収束してから、岡部は頻繁に店を訪れ、冬樹の身体を求めた。

冬樹も当然のことのように受けた。

「おまえの身体がここまでいいなんて、な。もっと早くに知りたかったよ」

声を殺して喘ぐ。

深い抜き差しができないので、岡部は捏(こ)ねるような動きで腰をグラインドさせている。

(……ああ……いい……)

自分こそもっと早く知りたかった。男に尻を犯されるのがここまで気持ちいいとは。

冬樹の内部は、快感を感じる器官と化していた。

一日なにも入れないと禁断症状が出るほどだ。

急に、ぱちん、と尻肉を叩かれ、喉が詰まる。

首だけ回して咎めた。

「……ば、…かっ、音を、たてるな……っ。人が入ってきたらどうする……」

岡部は、くくく、と忍び笑いで応える。

「閉店後の店内便所だぜ？　明日は店休日だしな、…入ってくるのは、渋谷くらいのもんだろ？　ま、あいつなら、大喜びで仲間に加わるだろうがな」

「おまえ、…いいかげんにしろよ？　横領の件、不問にしてくれたんだから、会社にきちんと恩返しするんだぞ？」

「わかってるよ。本当に感謝してる。これから先も、全身全霊で会社に尽くす気だがな、……それはそれ、これはこれ、なんだよな。――俺だって、あんな不祥事を起こしたんだ。おまえがいなけりゃケツまくって会社辞めてるがな、…恥を忍んで残ってるんだ。なにを、誰に言われてもかまわないよ。おまえと離れたくないんだ」

岡部は自分の家を売り、横領した金を全額返済した。冬樹が告発する前にみずから名乗り出て、すべてを上層部に打ち明けたのだ。

あの日。

山岸たちが引き上げたあと、もう一回ずつ、ヤッた。

明け方近くになり、男性陣全員が身支度を整え、床に残った性行為の名残を始末し、さあ女性たちを解放しようか、という段になった時、——潤が、裏口で、あるものを見つけた。

それは、三つのボストンバッグだった。

中に入っていたのは、盗まれた金と宝石類。

拳銃や、足がつきそうなものだけはすべて持ち去られていた。

当然のことながら驚いたが、…最終的に、仲間割れでもしたのだろうという結論になった。

そして、まずは社の上層部へ連絡を入れた。すぐに駆けつけた社長の意思で、警察には通報しないことになった。

冬樹にはなんのお咎めもなかった。

それどころか、身を挺して店を守ったと、後日、社長から特別功労賞まで受けた。

辞退しようとしたが、全員が口を極めて冬樹を褒め称えたのだ。立花支店長は犯人たちと勇敢に戦った。支店長の働きがなければたいへんなことになっていた、と。お客様である萩野様や金髪青年までがそう言ったのだ。

むろん意味はわかっていた。

まさか男たち全員で冬樹と潤を輪姦したなどとは、口が裂けても言えない話だ。作り話をするしかなかったのだろう。

二階のスタッフルームに閉じ込められていた女性陣たちも、なにかあったとは薄々感じていただろうが、あえて言及しなかった。

とにもかくにも、全員命は助かったのだ。

店にも多大な損害を与えずに済んだ。実質の被害額は、ショーケースと防犯カメラの修理代だけだ。

みな、社内ではある意味ヒーローのような扱いだった。自分たちは力を合わせて強盗を撃退したのだと、頭の中で都合のいい話をでっち上げ、信じ込んでしまったようだった。

山岸と猿、豚が捕まりはしないかと、それだけが心配だったが、けっきょく『事件』すら起きてはいないのだ。表向きは、『山岸が、仲間とともに、岡部の不正を抗議しに来た』そういうことに落ち着いた。

ただ……冬樹の人生は、あの日から一変してしまった。

射精し終わった岡部を引き離そうと、うしろ手で横腹を叩いてやる。

「おい、もういいだろ？　時間だ。潤を迎えに行かなきゃいけないんだ」

岡部は名残惜しそうにペニスを引き抜く。

「ったく、おまえに入れてると、時間なんかあっという間だな」

そう。あれからすぐに山岸からメール連絡があったのだ。

の裏仕事でもそうとう稼いでるんじゃないか？」

「山岸の野郎、ツラに似合わず遣り手だよな。…なんだ？　ユーチューバーか？　そっち

「さあ？　ネットで生配信だというから、けっこう集まるのかもしれないな」

「あたりまえだろ？　今日は何人だ？」

「おまえも今日は来るんだろ？」

──あなたと潤君のために、新たな宴を催します。

最初の時を上回る、夢のような宴だった。

もちろん愛する彼もいて、夜が明けるまで幾度も冬樹を抱いてくれた。

それからは、月に一回は宴を開いてくれる。

岡部はペニスをしまいながら、低く笑った。

「あの金髪小僧も、またいるんだろうな」

「ああ」

「あいつも、ずいぶんハマったよな」

どう応えればいいのかわからず、冬樹もズボンを直しつつ苦笑を返す。

「みたいだな」

「萩野様と渋谷は、つらいだろうがな。愛妻家だから、男に溺れるわけにはいかないしな。その点、俺は気楽な独身だったから助かったよ。——おまえが、ほかの男にヤラれてるのを見るのは、少し妬けるがな」

自分と潤だけではない。あの時関わった男たちは全員人生を狂わせてしまった。結婚間近だった青年も、けっきょくは彼女と破局してしまったという。

「嘘つくなよ。それを見るのが楽しみなんだろ?」

ぎらつく瞳で、岡部はうなずいた。

「ああ。楽しみだよ。毎回な。一日中、そればっか考えてる。おまえが男どもにぐちゃぐちゃに犯されてる姿は……すごいよ。AVなんか目じゃないくらい、色っぽい。おまえは、ナマで突っ込ませるからな。あれがまた、いいんだ。今となっちゃあ、山岸に感謝してるくらいだ。おまえを抱かせてくれたしな」

率直すぎる物言いに苦笑が洩れた。

「おまえがそんな好き者だったとはな。学生時代は思いもよらなかったよ」

「どの口が言ってるんだ。この淫乱が」

罵る言葉すら、肛門を疼かせる。

(……ああ。おれは淫乱だよ)

自分でも知らなかった。

知ったからには、後戻りはできない。

真実の愛も。知ったからには、もう以前の自分には戻れない。

耳に、あの時山岸が言った言葉が蘇る。


——男なしではいられない身体にしてあげますよ。


ああ。なってしまったよ、幸路。

もう自分は男なしでは生きられない。

山岸に感謝している、と岡部は言っていたが、それは自分のほうだ。

冤罪が晴れた山岸は、今は新宿店に勤務している。

言うことは、岡部といっしょだ。

人にあざ嗤われても、罵られても、あなたのそばにいたいんです。そのためならなんでも耐えられます。

もともと客には人気のあった男だ。復職してからは、新宿店で社にたいへん貢献しているらしい。

じゃあ、あとでな、と別れてから待ち合わせの喫茶店まで急ぐ。

外の喧騒を逃れ、店内に足を踏み入れると、

「いらっしゃいませ。お一人様ですか？」

店員に尋ねられた冬樹は、ぐるりと店内を見渡した。

「いいえ。待ち合わせなので。連れがいるはずなんですが……」

壁際の席に座っていた潤と、目が合う。

「あ、いました！　あそこに！」

潤のほうも気づいたようだ。笑顔になって、パタパタと手を振ってみせる。

「こっちこっち！」

「待たせたか？」

「ううん。ぼくもさっき来たとこ」

「なにも頼んでないのか？」

「うん。待ってた。水しか飲んでない。お腹すいたぁ」

メニューを取り、渡してやる。

「ほら、なんか食うか？」

「うん。ちょっとお腹に入れとかないと。……今日も朝まででしょ？」

上げた視線が期待に輝いている。

「たぶんな」

頬を膨らませて潤は愚痴る。

「でもさ〜、途中で夜食タイムでも作ってくんないかな〜。白いものばっかで、固形物入れられないんだもん。お腹すいちゃうんだよね〜」

白いもの。

言うまでもなく、精液のことだ。

潤はこんなことを言いながらも、フェラチオが大好きで、手当たり次第男のペニスを頬張るのだ。射精させたあとはすべて嚥下する。

「パパは？　いつものパフェ？　ここ、パンケーキも有名だよ？」

「そうか。パンケーキもいいな」

「うん。ほわほわで、ふかふかなの！　クリームもおいしいしね！」

甘いものは、美味い。心も身体も癒される。

二人でパンケーキをぱくつきながら、微笑み合う。

「パパ。ぼくね、じつは悩みがあったんだよ？」

あれから潤は、冬樹のことを『パパ』と呼ぶようになっていた。一人称は、『ぼく』だ。

幼い頃に戻ったようだ。

「ああ。そんな感じだったな」

それで？　もう悩みはなくなったのか？

尋ねる必要もないだろう。潤はにこにこ笑っている。

若さゆえの、先が見えない焦燥感。おのれが何者であるのか、今ここでこうしているのが正しいのか、間違っているのか。

それは、四十を越えた冬樹でさえ、時折襲われた想いだった。

手を伸ばしてきて、潤は冬樹の手に重ねた。

「パパ。こんな幸せがあったんだね」

うっとりと語る息子に同意する。

「そうだな。こんな幸せがあったんだな」

もう、水滴の音は聞こえない。

自分はあらゆるしがらみから解放された。

満足感と幸福に恍惚となりながら、愛する息子を見つめる。

潤は本当に可愛くなった。以前から可愛かったが、今は街ゆく人々が振り返るほど愛らしい。幸せに満ち溢れた表情で、人生を謳歌しているのが見て取れる。

自分もまたそうだろう。

この世に、これほど満ち足りた幸せがあるとは知らなかった。

ふと思いつき、天井を見回した。

（この店は、防犯カメラ、ついているかな？）

近頃の癖だった。幸路は必ず冬樹の動向を把握している。リアルタイムではなくても、録画しておいて、きっと見てくれる。

あった。

そこに向かい、冬樹は唇を動かした。

……愛してるよ、幸路。

左手薬指の指輪にキスして、もう一度唇を動かす。

指輪はもちろん幸路がくれたものだ。彼の指にも同じリングが嵌まっている。

冬樹は、彼に伝えたかった。

愛している。きみのおかげで自由になれた。きみが、自分をがんじがらめに縛りつけていた呪縛の鎖を断ち切ってくれた。

何度伝えても、この感謝と想いは伝え切れない。

冬樹は腕時計に視線を落とし、時間を確認した。

早く幸路に逢いたい。逸る気持ちが止められない。

潤が、くすっと笑う。

「ねえ、さっきから何度時計見たか、わかる、パパ?」

言われて初めて気づいた。冬樹は肩をすくめて笑い返してやった。

「そうか? だが、そういうおまえだって、スマホを見っぱなしだぞ? 気づいてないのか?」

ぺろっと舌を出して、潤は照れ笑いを浮かべた。

「だって、待ち切れないんだ。うきうきするんだもん。ぼく、予約が入ると、大学でもまともに勉強できないくらい」

「駄目だぞ? しっかり勉強しろよ? 就職くらいしないとな?」

咎める口調を作りながらも、笑いが零れてしまう。

潤は、いつも宴に来る伊藤という男と恋人同士になったようだ。いずれは彼か、ほかの誰かの囲い者になるのだろう。輪姦場面はネット配信もされているので、好事家の中では、かなりの高値がつけられているらしい。

冬樹は、さらに高値がついているという。

だが、愛しているのは幸路だけだ。

身体は不特定多数の男たちに弄ばれることを許しても、心だけは彼に捧げている。

時計を見て、時間を確認した。

「そろそろかな? 会場に向かおうか?」

「うん！　待ってましたぁ！」

弾むように潤は立ち上がる。

冬樹も、弾む思いで席を立つ。

さあ、夜の帳は下りた。

今宵も——夢より素晴らしい獣宴が催される。

あなたが知っている世界は幻。
あなたが鏡で見ているのは誰かの作り上げた虚像

「ずいぶん待ったよ」

潤君と初めて会った時。喫茶店で初めましての挨拶を交わしたあとだった。冬樹さんが電話かなにかの用事で席を立ったあいだに、ふいに大人びた瞳になり、彼はそう言った。

驚く幸路に向かい、潤君は皮肉っぽく続けた。

「気づいてないと思ってた？　パパは鈍感だけどね、ぼくは小学生の頃から、わかってたよ。いつ来てくれるのか、ずっと待ってたんだ」

そうなんだ。知っていたんだ。

そして潤君は、こんな子だったのか、と苦笑まじりで言い訳した。

「……これでも、頑張ったんだよ？　大学を卒業して、『ジュエリー・ノーブル』の入社試験を受けて、なんとか冬樹さんの働く店に配属されるように根回しして…」

「わかってるよ。でも、やっとの思いで近づいても、パパはなかなか心を開かなかったんでしょ？　パパ、人を信じないからね。だから、そこのとこは責めないよ。……ただ、もう時間がないんだ。すぐにでもなにかしないと、…もう、パパが壊れちゃう……」

切羽詰まった物言いだった。涙さえ浮かべかけていた。

しかし、そこで冬樹さんが戻ってくるのが見えた。

二人とも視線を交わして、口を噤んだ。

「おや？　きみたち、初めて会ったのに、もう話が弾んでるのか？　若い子たちは、すぐ仲良くなれていいね」

冬樹さんはニコニコと席に着いた。

「うん！　すぐ話が弾んじゃった！　山岸さん、おもしろいね！」

とたんに子供じみた声になって、潤君は笑った。

「ぼく、すごい気に入っちゃったよ。お兄さんになってほしいくらい！」

彼がそういう芝居をするならと、幸路も話を合わせることにした。

「ほんとに、立花さんがいつもご自慢になってらっしゃるとおり、可愛らしいお子さんですね。僕も、潤君みたいな弟が欲しかったですよ」

「いや、親馬鹿で恥ずかしいけどね。いつまでも幼くて心配なんだよ。これで、もう大学生なんだよ？　信じられるかい？」

嬉しそうに微笑む冬樹さんの横で、再び潤君と目が合った。

その日から、――二人は共犯者になった。

幸路は、仕事からの帰宅後、自宅でパソコンを立ち上げた。

郷里を離れて、もう十年になる。冬樹さんのそばで暮らすために、東京の大学に進学した。一人暮らしもそれ以来だ。

ワンルームのマンション内は、パソコンだらけなので、他人を入れたことはない。

（まあ、ほかにも、入れられない理由はあるけどね）

もちろん、壁面いっぱいに『立花冬樹さん』の写真が貼られているからだ。

部屋に戻るたびにうっとりする。古いものは十四年前、新しいものは、つい数日前の画像だ。

パソコン内にも、冬樹さんの画像と動画しか入っていない。

私室を見れば、その人間の内面がわかるというが——まさに、そのとおりだろう。幸路の内面には、『冬樹さん』以外、入っていない。

あの事件のあと、長年の夢が叶い、冬樹さんは幸路の恋人になってくれた。

日々、思い描いていた以上の幸福に満たされている。

まさか、ジュエリー・ノーブルにまた勤務できるとは思っていなかったが、大きな会社というのはそういうものなのかもしれない。

なにより外聞を気にするのだ。

岡部の横領も、強盗の件も、できるならほかに洩らしたくない。そのためにすべてを揉み消すと、社長ははっきり口にした。きみも岡部も、今までどおり勤務してくれ。給料も以前と同額支払うが、ただひとつ、口だけは割らないでくれ。いっさいを他言無用とするならば、こちらとしても、お客様に信頼の厚いきみを再雇用することはやぶさかではない。

典型的な狸親父だと思うが、なにもかも目論見どおりだった。

あの社長は、刑事事件にはけっしてしない。最初の横領事件の際にも思ったが、社長や上層部は、自社のブランドイメージのほうが大切なのだ。金と宝石さえ戻せば、すべて不問にするはずだと。

(純粋な冬樹さんは、あんな男にも心酔して、感謝してるけどね)

だが、ジュエリー・ノーブルに再雇用されることは、確かにありがたかった。

冬樹さんに悪い虫がつかないように、見張っていられる。

開けたパソコン内で、『冬樹さん』のフォルダをクリックする。

これは、あの事件の動画ファイルだ。

見るたび陶然となる。

(……ああ、これは、初めて僕が挿入した時だ)

初めて身に男を受け入れる苦悶の表情から、快感に気づき、狼狽し、必死に押し隠そうと顔を強張らせ、唇を引き結び、…なのにすぐ視線が揺れ始める。

可愛くて可愛くて、画面にくちづけしたくなる。

（伊藤さん、しっかり撮影してくれてたからな）

まだ、冬樹さんには言っていないことがある。

ジュエリー・ノーブル襲撃事件の主犯は、じつは――潤君なのだ。

たぶん冬樹さんも、薄々勘づいてはいるだろう。

それでも、言うべきかどうか、幸路はいまだに迷っている。

潤君は、初めて会った時にはすでに男を知っていた。ウリをやっていたらしい。輪姦されるのが大好きなんだと、自分で言っていた。

そして伊藤さんは、潤君の恋人だ。

あの時は、猿のマスクをかぶって、三浦という偽名を使っていた。

もちろん前科などない。普通の役者さんだ。一般的には無名だろうが、そこそこ有名な劇団に所属している。豚のマスクをかぶって、西田の偽名を使っていた人も、本名は笹山さんという、同じ劇団俳優さんだ。

二人は、普段のキャラも、まったく違う。

ゲイである、ということだけは真実だが、伊藤さんは、潤君にべた惚れの言いなりで、どちらかというとヘタレタイプだし、笹山さんは、脚本も書くひじょうに聡明な男性だ。

顔も特殊メイクしてあった。笹山さんにいたっては、肥満体に見せかけるため、厚い肉襦袢まで着ていた。したがって、冬樹さんたちが街ですれ違ったとしても、もう犯人だとはわからないはずだ。

初めて会った日の翌日、潤君からメールが届いた。

折り入って話がある。パパのいないところで会ってくれ、と。

指定されたのは、ホテルの一室だった。他人に聞かれたくない話だから、部屋を取ったと言う。

そこには、潤君のほか、伊藤さんと笹山さんがいた。

自分の恋人と、信頼できる人だから、仲間に加わってもらうと言った。

潤君と、伊藤さんがベッドに座っていた。笹山さんと幸路は、テーブルをはさんで椅子に座った。

そして、そこで計画を打ち明けられたのだ。

「山岸さん。パパを助けてほしいんだ。あなたでなきゃ、パパを救えない。だから、ずっと待ってたんだ。近づいてきてくれるのを、何年も」

潤君が打ち明けたのは、ぎょっとするような恐ろしい計画だった。

ジュエリー・ノーブルに強盗に入り、冬樹さんを店内で輪姦する、という……。

冬樹さんを抱けるのは、もちろん嬉しい。長年恋焦がれていたのだから、夢のようだ。

だが幸路が望んでいたのは、そんな形でのSEXではない。

当然のことながら、言い返した。

「いくらなんでも、…実の父親を、そんな目に…」

潤君は、きつい口調で話の腰を折った。

「綺麗ごとは言わないで！　このあいだも言ったでしょっ？　もう、時間がないんだ。あなただったら、わかってくれると思ってた。…あなたじゃなきゃ、わからないし、あなたほどパパを愛している人じゃなきゃ、計画を実行してくれない。ほかの人じゃぁ、ぜったいやってくれない、って」

「どういうこと……？」

潤君は、苦しそうに言った。

「あのね……パパ、…夜、魘されるんだよ。夢遊病みたいな感じなんだ。ぼくが子供の頃からだよ。だから、雷の鳴る夜なんかは、ぼくがいっしょに眠る。そうしないと、部屋の隅で、しくしく泣いてたりするからね。…あとね、自傷行為もする。リスカとか、わかりやすいのじゃなくて、…もっと、怖いんだよ。無意識でふらふら車道に出ていったりするんだ。それとか、高いとこに行くと、すぐに下を覗き込むんだ。……怖いんだよ。ほんとに。だから、時々、いっしょにお風呂に入って、身体に傷がないか確かめてる。…もちろん、本人はなんにも知らないはずだけどね」

絶句した。

「普段の冬樹さんからは、そんな気配は……」

「だから、待ってたって言ったじゃん。この計画を確実に実行してくれる人を、ずっと探してたんだ」

「……そんな」

「最初は岡部さんを狙ってたんだけど、…あの人、わりと口が軽そうだし、単純すぎるから」

幸路は困惑のあまり、声を荒らげていた。

「だとしても、……僕には、冬樹さんを傷つけるようなことはできないよ。あんまりにもひどすぎる。ほかに手はないのっ？　潤君だって、お父さんのこと思ってるのはわかるけど、…そちらの二人も、本当にこんな案がベストだと思ってるんですかっ？」

潤君は、吐き捨てるような口調で言い返してきた。

「そんな悠長なこと、言ってる暇ないんだよ。…わかってるでしょ？　パパをずっと見てきたあなたたなら。パパがもう壊れる寸前だ、って」

あまりにきつい物言いに、口ごもった。

「……それは、……なんとなくは……」

「パパは、オナニー、したことないんだ。いっしょに暮してるから、わかる。エロ本も、エロビデオも、観たことがないんだ」

反射的に赤面しそうになった。

「なにをっ、急にっ」

押さえ込むように言い切られた。

「知ってるよね？　どうしてそうなったのか？　どうしてパパが壊れかけてて、どうしてオナニーなんていう、男なら誰でもする気分転換すらできないのか。誰も見ていない寝室でさえ、心を解放できないのか。…だからあなた、パパのストーカーになったんでしょ？　もう、いいかげんにして！　あなたを信頼したから、こんな話を打ち明けてるんだから、あなたも本気になって！」

幸路は嘆息した。

そこまで言われたら、真実を打ち明けるしかなかった。

「……うん。知ってるよ。僕も、立花先生たちの教えを叩き込まれてるからね。あの二人の息子さんが、どんな過酷な教育を受けてきたか、想像できるよ」

「ぼくも、調べた。あなたが、あのくそジジイとくそババアの教え子だったってことをね」

潤君は憎々しげに吐き捨てた。

「パパは、…ぼくだけは、守ってくれたんだ。あいつらの毒牙から。だからぼくは、こんな話し方もできる」

「そうだね。立花先生たちに教えられてたら、…まず、無理だね。僕や冬樹さんや、ほかの教え子たちのようにね」

幸路は決心を固め、すべてを語ることにした。

なぜ自分が、冬樹さんのストーカーになったのか。自分たちになにが起きたのかを。

目の前に座る笹山さんに向かい、幸路は話しだした。

「潤君の言ったとおり——僕は、冬樹さんのご両親、立花先生の教え子だったんです。運の悪いことに、両方の。立花辰江先生担任のクラスになって、あとは二年と六年、それから中学一年と三年で立花秀行先生担任のクラスになりました。結局、計五年間二人の先生に教わることになりました」

「ああ。潤から聞いてるよ。たいへんだったろうね」

胸に込み上げてくるものがあった。しばらく話を中断させ、続けた。

「運の悪いことに、っていうのは、…うまいことと担任から外れたり、…先生方は、地域の児童育成とか、クラブ活動の顧問とか、……とにかく、あの先生方と関わりが少ない学校生活だったらよかったんです。でも、児童会の役員とか、…僕は副会長だったんですが、クラブ活動とか、いろいろ、関わる場面が多かった。そうしたら……」

答えがわかっているように、笹山さんはうなずいた。

「精神を病んだ。そうだね？」

思い出すと涙が出てきそうだったので、こらえて話し続けた。

「はい。僕には、仲のいい友人がいました。四人。…四人とも、その、運の悪い人間たちでした。──ある日、なんだかわからないけど、苦しい、って、…誰かが急に言ったんです。自分は、もしかしたら自殺するかもしんない、って」

「口に出せたんだね、その人は。自分の気持ちを」

深い物言いに、幸路はうなずいた。

「はい。そいつが、話し出して、……確か、僕の家で、みんなでゲームしてた時だったんですけど、…みんな、似たような気分になる、って、発作的に馬鹿なことしそうになるって、そこからは告白合戦みたいになりました。みんな、誰にも言えなくて苦しかったって」

笹山さんは身を乗り出してきた。

「俺は心理学のほうをちょっと齧(かじ)ってるからね、…これは、あくまでも推測でしかないけど、──きみのまわりに、自殺者は多くないかい？　犯罪者は？　いじめは？」

ハッとした。

「どうしてわかるんですか？」

三人は顔を見合わせた。

「やっぱりね」

「やっぱりって、どういうことですか」

伊藤さんが答えてくれた。

「え〜っとね。オレも笹山も、なんで潤のとんでもない計画に乗ろうと思ったかっていうとね、…もちろん、ノンケの人を、息子公認の上でレイプできるっていう、めったにない話ではあるけども、――潤のパパの親、…きみの言う立花先生たち、だよね？　そいつらってさ、…すげえヤバイことしてるんじゃないの、ってことでね」

声を上げて同意していた。

「そう、なんです！　僕らも、そこに話が行きついたんです！　なんでこんなに生きづらいのか、なんでこんなに無力感とか、虚無感とかが激しいのか。みんな同じ気持ちだったんです。全員が全員とも根暗なんてありえないんじゃないの？　って、それで、おかしいってことになったんです」

「なにもおかしくはないと思うよ。当然の結果だ」

また笹山さんが答えてくれた。

「潤から聞いた話では――凄まじく支配的で、独善的な人たちで、息子の一挙手一投足にいたるまでけちをつけた。本人たちは正しいと思ってやっているんだろうけどね、…長年にわたりそういう教育を受けた場合、どうなると思う?」

幸路は、反論した。

「違うんです! 本人たち、正しいと思ってやってるんじゃないんです!」

三人の顔色が変わった。

「そこのとこは、たぶんお孫さんの潤君も、冬樹さんも、知らないと思うんですけど、…立花先生、…お母さんのほうです、立花辰江先生は、ある年の卒業生謝恩会で、ポロッと言ったんです。息子が変な女とヤッちゃって、ガキつくった、って。見たくもないからほっといてるけど、失敗したって。女なんか一生抱けないように教育したつもりだったのに、って、確かにそう言ってたんです。それを聞いちゃったから」

「なにそれ!」

黙っていられなかったのか、潤君はベッドから飛び下りて、椅子のほうまで来た。

「あのくそババア、そんなことぺらぺらしゃべってたのっ? それも、学校でっ? 生徒の前でっ?」

困ったな、と思ったが、答えた。

「……うん。上の子は逆らって駄目だったけど、下のは成功したと思ったんだけどねぇ、って笑って言ってて、お酒飲みながらだったから、かなり酔ってたんだと思うけど、……みんなドン引きだった。ほとんど大人ばっかで、子供は児童会の役員、数人だけ、お菓子とか飲み物の準備とかで駆り出されてたんだけど、…ほんと、みんな絶句してたよ」

「お菓子、って……やっぱりババアども、てめえらは食ってたのっ？　パパにはあんなに厳しく禁止してたくせにっ？」

「うん。お菓子、大好きだったよ。お酒もね」

よほど腹に据えかねたのか、潤君は、地団太踏んで、うーうー唸（うな）っている。

「成功、ってなんだよ！　パパの、あの状態が、成功だっていうのっ？　パパ、自殺しちゃうよ？　もう、生きてる希望もなんにもないんだ。ぼくがいなかったら、とっくに死んでたはずなんだ！」

「興奮してるとこ悪いんだけど、もっと嫌な話があるんだ。冬樹さんがオナニーしないって話、してたよね？　あれ、そのせいだと思うんだけど――立花先生、言ってたんだ。鼻高々で。息子が小さい頃、手を縛って寝させてたって。無意識でも、性器を弄（いじ）らないように」

ぽつりと笹山さんが言った。

「ああ。禁欲主義者の、基本教育だな。中世ヨーロッパあたりでは、さかんに行われてた方法だよ。オナニーは罪悪だと、子供に叩き込むためにやるんだよ。オナニーをすると白痴になるとか、病気になるとか、ずいぶん非科学的な話だけどね」

「はい。そう言ってました」

「現代日本で、あれをやっている人がいるとはね。驚きだ」

冷静な笹山さんと違って、潤君は怒り狂っていた。

「どうしてっ？　どうして？　今、中世じゃないし、ここ、日本だよっ？　なんでオナニーは罪悪なのっ？　わけわかんない！　そんなこと言って、てめえらは好き勝手にHしたわけでしょ？　それで、おじさんとパパが生まれたわけでしょっ？　やんなきゃできないんだから！　ほんと、わけわかんない！」

幸路は話を進めた。

「そういういろいろがあって……僕ら、立花先生たちの子供を見つけようと思い立ったんです。何年間か教育を受けた僕らでさえ、こんなふうに生きづらくなっちゃってるのに、じゃあ、あの二人に育てられた子供はどうなっているのか、って思って」

その時幸路は、十四歳になっていた。

冬樹さんのお兄さんが事故死したことは、すぐに調べられた。

立花先生たちは、他県に越せば過去の事件など探られないと思ったのだろうが、そんなことはない。今はインターネットというものがあるのだ。

「みんな同意見でした。冬樹さんのお兄さんは、事故死じゃない。自殺したんだ、って」

笹山さんが、語りだした。

「大多数の人間にはあてはまらないだろうけどね、人を思うまま操りたいからという動機で、『教職』に就く者がいるんだよ。ほんのごく少数だと思うけどね。…というか、そう信じたいけどね」

ははは、と伊藤さんが笑った。

「わかるよ。オレの知り合いで、拳銃を撃ちたいから警察官になった、って平気で言う奴がいるからな。合法的に撃てるし、あわよくば人を撃ち殺せる。ついでに、警察官だったらしょっぴかれないしな、なんて言ってたよ。やっぱりまわり、ドン引きしたけどな」

「幼児にしか欲情しないから、幼稚園の先生に、とか、人を切り刻みたいから外科医に、とかね。そんなことを言い出したら、恐ろしくて子供を幼稚園になんか入れられなくなるし、病院にだって行けなくなるけど、そういう人間がぜったいいないとは言い切れないから、覚悟だけはしておいたほうがいいだろうね」

「……怖いですね」

「だけど、他人から見て異常でも、本人は自分の異常性に気づかないものだから。矯正しようがないんだよ。戦争なんかもいっしょだよね？　どっちも自分が正しいと思い込んでる。だから決着がつかない」

潤君が割り込んできた。

「でも、うちのジジババは違うじゃん！　悪気があったんじゃん！」

う～ん、と笹山さんは唸り、

「悪気というよりは、…理想、かな？　自分の望むとおりの理想の『いい子ちゃん』を育て上げたいんだろうね。子供の人格や、幸せなど完全に無視して。自分たちの達成感のためだけにね」

幸路は、もっと詳しく自分の過去を打ち明けた。

「けっきょく、…その時に語り合った友人たちの、一人は自殺しました。もう一人は引きこもりです。あと一人は、薬物中毒。…僕だけが、かろうじて一般生活を送っています。…僕の両親が、…なんというか、かなりあっけらかんとした人たちで、僕を全面肯定してくれたことと、…やっぱり、なんといっても、冬樹さんに恋をしたから、だと思います。そばに近づきたい、触れたい、助けになりたい、って、ずっとそう思い込んできたから、それを生きる希望にしてきたから、虚無の闇に捕まらずに済んだんです」

室内に重苦しい空気が流れた。

笹山さんの声も重かった。

「潤のおじいさんおばあさんは、そういう教育を施せば、謙虚で誠実な人間になると思い込んでいるんだろうな。だけど、それは表面上だけだよ。抑圧された、…それも過度にね、抑え込まれた自我は、どこかで爆発するんだ。——もしかしたら、きみのまわりだけじゃなくて、彼らが教鞭(きょうべん)を執った学校では、異様なまでに自殺者が多いかもしれないな。精神を病んだり、人生を踏み外す者とかもね」

潤君が吐き捨てるように応える。

「もしかしたら、じゃないよ！　確実なんだよ！　だって、パパが証人だもん。パパと、おじさんと、山岸さんだって、あと、山岸さんのお友達たちも、みんな証人だもん！」

胸が震えるような思いで、幸路は言った。

「生きているだけで罪悪感がありました。なにをしても、…苦しかった。なんでこんなに罪悪感と閉塞感があるのか、未来に対して絶望感があるのか、どうすれば救われるのか、…わからなかった」

「彼らは、人は殺さない。確かに。その手では。でも、魂の殺人はするんだよ。子供を虐待してるってことに、気づいてないんだ」

「息子さんの潤君や、あなたたちの前でこんなことを言うのは恥ずかしいんですけど、──僕は、冬樹さんを見つめ続けて、恋をしたんです。なにがあっても自分を見失わず、気高く生きる姿に、深い感銘を受けました。なんて美しい心の人だろうと」

潤君が、幸路を見つめて、くすっと笑った。

「気づいてなかったの？　パパだって、あなたに恋してるんだよ？」

「……えっ……」

本気で驚いた。動悸すらしてきた。

「家では、あなたの話題ばっかりだよ。すごくかっこいい子が入社したんだよ、とか、今日は山岸君がなにをしたとか、いっつもキラキラした目であなたの話、してるんだよ。だから、あなたにこんな計画を話してるんじゃない」


けっきょく、それでも話に乗ることはできず、その日は解散となった。

しかし……それから数か月後、岡部の横領事件が起きたのだ。

冤罪をかぶることも、金の返済をさせられることも、べつにかまわなかった。

冬樹さんの心を守るためだったら、なんでもできる。

それでも、どうしても許しがたかったのは、もう冬樹さんのそばにはいられなくなった、ということだ。

そして、他人に罪を押しつけておきながら、岡部はまだ犯罪を続けているということ。

早晩、冬樹さんはすべてを知ることになる。

長年の友人に裏切られていたと知ったら、あの純粋な人は、どれほど傷つくだろう……。

幸路は覚悟を決めた。

二度目の会合は、幸路が三人を呼び出した。

「お願いします。…先日の話、僕も、仲間に入れてください」

頭を下げると、潤君は顔を輝かせた。

「ほんとっ⁉　ようやく、その気になってくれたのっ？」

伊藤さんと笹山さんは慎重だった。

「いいのかい？　きみは犯罪者になる覚悟ができているのかい？」

「オレらは顔を作る予定だけど、きみも作り変えるか？」

幸路はかぶりを振った。熱い想いを胸に語った。

「かまいません。犯罪者になることくらい、なんでもない。冬樹さんを救い出したい。

——以前、冬樹さんが、僕のことを王子だと言ってくれたんです。…わりと、昔からそういう渾名で呼ばれてきましたけど、…その時は、本当に胸が震えました。僕にとって冬樹さんは、『囚われの姫君』なんです。僕が王子なら、姫君は、冬樹さんしかいません。…じつは、最初にその言葉を言い出したのは、僕の友人なんです。彼は言うなれば『囚われの姫君』みたいなもんだな、って。もっとも強烈な洗脳を受けた息子さんを救い出せれば、自分たちもまだ助かる道があるかもしれない、苦しみから解放されて、自由にのびのびと生きられるかもしれないって。——だから、冬樹さんを救うことが、僕たちの長年の悲願だったんです」

道半ばで力尽きた、仲間たちへの贖罪か。それとも、残酷な教育を施した先生方への復讐か。

つける名前などなんでもいい。ただただ、冬樹さんを楽にさせてあげたかった。

パソコンの中で、冬樹さんが喘いでいる。

これは先週の宴画像だ。顔は特定されないように仮面をつけさせているが、身体は一切隠さない。

男たちに揉みくちゃにされ、あられもない嬌声を上げている。

(あなたを救うためには、究極の恥辱と、究極の快楽を与えなければいけなかった。いったん自我を崩壊させるためには、それしかなかったんです)

脚本は、笹山さんが書いた。

観客役として、劇団の若い男女を引き入れ、渋谷さんにもさりげなく話を持ちかけた。

渋谷さんは、お金でなんとかなった。家計が苦しいとかで、十万ほどの賃金で雇われてくれた。

もう一人、お客様で誰か、できたら年配者がいいということになり、萩野様の名が挙がった。

萩野様は、じつは若い頃反社会勢力に関わりがあったとかで、劇団の裏のつてで話がついたらしい。話を持ちかけたら、大乗り気で加わってきたという。むろん奥様もそちらの筋の方なので、荒療治で夫の勃起不全を治療できたら、とおおらかにOKしてくれたという。

けっきょく、女性たちはべつにして、『冬樹さん』と『岡部さん』以外の男性全員が、劇のストーリーを知る役者、ということになった。

『……ああんッ……いい……最高っ……アアッ、……もっと、もっと突いてぇ……ッ!!』

幸路は画像に向かって語りかける。

「本当に素直に、可愛い声で啼いてくれるようになりましたね」

凄艶な美しさだと思う。

冬樹さんの、脈動する媚肉に締めつけられる感触を思い出し、胸が熱くなる。

いっしょに暮らすことも、彼の養子に入ることも考えたが、けっきょくやめた。

彼は犯されたがっている。

だから繰り返し繰り返し、たくさんの男たちで、犯してあげる。手を縛った状態で強制的に快感を与えてあげる。そうしないと、またいつ闇に捕まってしまうかわからない。

あの悪魔たちの洗脳は、それほどまでに、彼の心を蝕んでいる。

酒でも普通のＳＥＸでも冬樹さんは解放されないだろう。

この世でもっとも長く、あの悪魔たちの洗脳支配を受けた人だから。

ふと思いつく。

（そうだ。今、なにをしてるのかな？）

街中の防犯カメラの映像を、家のパソコンで受信できるように細工してある。

冬樹さんに近づくためにありとあらゆる手段を学んできた。だから、幸路にとってハッキングなどは朝飯前だ。

「――ああ、ここにいた」

冬樹さんは、喫茶店で潤君とパンケーキを食べていた。

ふと、視線がこちらに向く。たぶん防犯カメラを認めたのだ。

そして、唇がゆっくり動く。

……愛してるよ、幸路。

幸路は声をたてて笑った。これは近頃の冬樹さんの癖だ。あちこちのカメラに向かって、そう唇を動かしてくれる。

幸路も、左手薬指の指輪にキスして、画面に応(こた)えた。

「ええ。僕も愛してますよ」

幸せそうにパンケーキを頬張る姿に、思わず笑みがこぼれる。

本音を言えば、あなたを独り占めしたい。ほかの男になど抱かせたくない。それでも、これが僕の愛情。

あなたの幸せしか望んでいない。あなたの幸せだけが、僕の幸せ。

「僕は、あなただけの王子ですから」

どこにいても、あなたを見つめ続けてあげます。

わかっていますか？　あの時も、僕はあなたしか抱いていない。潤君には手出ししていない。そしてじつは、僕はあの時、初めてのＳＥＸだったんですよ。

「僕は、あなたにしか欲情しない。これからも一生、あなただけしか抱きません」

たった一人の運命の恋人。

仲間たちは救えなかったが、彼だけは救えたのだ。

幸路は画像を閉じ、支度を始めた。

宴に間に合わなくなる。そろそろ出かけなければいけない。

（だけど…本人が気づいてないだけで、囚われたお姫様は、あちこちにいるんだろうな）

みずからが囚人だということにも気づかず、苦しみ抜いて、生涯を終える人が星の数ほどいるはずだ。

願わくば、すべての姫君に、救いの王子が現れますように。幸福な未来へと導いてくれますように。

幸路は、そう願わずにはいられなかった——。

あとがき

こんにちは。吉田珠姫です。

今回は、漢字二文字の題です（うしろに〜がつきましたが）。

ということで、自分的には『鬼畜』『誘春』系列の、ハードHシリーズになります。

ところで、今回のプロットを編集さんに見せた時、「メリバですか？」というお返事で、——浅学にも私、その言葉を知りませんで、すぐさまネット検索したところ、メリーバッドエンド、つまり、本人たちがハッピーエンドのつもりでも、まわりから見たら……というラストのことだとか。

まさしく！　そうです、そのとおりですとも！　と膝を打ってしまいました。

この本の登場人物たちも、なかなかおかしな具合に落ち着いちゃいましたが……いいんです。本人たちは最高に幸せなんですから（笑）。ほっといてやりましょう。

あ、本文中に出てくる『中世の自慰禁止育児』の話は本当です。実際はもっとすごかったようです。自慰をすると病気になり、精神を病み、ついには悲惨な死に至る……と、何段階にもわたってトンデモ嘘イラストがつけられている本までありました。
つくづく現代日本に生まれてよかったと思いますね。私なんかも、こんな本を書いている時点で、たぶん死刑確定でしょうし。…怖っ。

ということで——末筆ですが、ヒノアキミツ先生、素晴らしいイラストをありがとうございました！　昨日ラフを拝見したんですが、すごいです！　めちゃめちゃHです。今から出来上がりが楽しみです！
編集様も、毎回締め切り破りで、お手数をおかけして申し訳ありませんっ＆いつもありがとうございます。これからもよろしくお願いいたしますっ。
そしてなにより、この本をお手に取ってくださった皆様に、心よりの感謝を捧げます。本当にありがとうございました！

では、なるべく近いうちに、またお逢いできますように。

吉田珠姫　拝

吉田珠姫先生、ヒノアキミツ先生へのお便り、
本作品に関するご意見、ご感想などは
〒101-8405
東京都千代田区神田三崎町2-18-11
二見書房　シャレード文庫
「獣宴〜純愛という名の狂気〜」係まで。

本作品は書き下ろしです

CHARADE BUNKO

獣宴（じゅうえん）〜純愛（じゅんあい）という名（な）の狂気（きょうき）〜

【著者】吉田珠姫（よしだたまき）

【発行所】株式会社二見書房
東京都千代田区神田三崎町2-18-11
電話　03(3515)2311［営業］
　　　03(3515)2314［編集］
振替　00170-4-2639
【印刷】株式会社 堀内印刷所
【製本】株式会社 村上製本所

落丁・乱丁本はお取り替えいたします。
定価は、カバーに表示してあります。

ISBN978-4-576-20007-1

https://charade.futami.co.jp/